TAKE
SHOBO

元帥公爵に熱望されて結婚したら、とろとろに蜜愛されたけれど何か裏がありそうです!?

藍井 恵

Illustration
サマミヤアカザ

蜜猫
MitsuNeko

contents

イラスト／サマミヤアカザ

元帥公爵に熱望されて結婚したら、とろとろに蜜愛されたけれど何か裏がありそうです!?

プロローグ

ウィンスレット公爵ランドルフ・ブラッドフォードは、懇意にしている画商オースティンの邸宅を訪ねた。ここはギャラリーも兼ねていて、壁という壁に絵画が掛かっている。

使用人から公爵の来訪を聞いて、オースティンが駆けつけると、金髪の公爵ランドルフが回廊の絵画を眺めていた。

「やあ、オースティン。新しい作品は手に入ったかい？」

「公爵閣下！　いつでも、こちらから赴きますのに！」

「ちょうど近くまで来たものでね。それに君が選んで持ってくる作品よりも、ギャラリーに来たほうが、出会いが多いだろう？　いわば、抜き打ち検査だよ」

ランドルフが悪戯っぽく微笑《ほほえ》む。天窓から入る優しい光の中、彼の緑眼が細まり、そこに黄金の睫毛《まつげ》が掛かった。男性のオースティンでさえ一瞬、見惚《みと》れてしまう美しさだ。

「それはそれは、お手柔らかに」

オースティンは大仰《おおぎょう》に礼をして、絵画が多く掛かっている部屋へとランドルフを案内した。

「これは……？」

ランドルフが、テーブルに置かれた額装前の絵画に目を落とす。夕暮れを描いた風景画だ。なだらかな山稜《さんりょう》に落ちた夕陽《ゆうひ》は空に融《と》け、その上で左右にたなびく雲は、群青の空を黄から茜色《あかねいろ》に染め上げている。手前の白猫は朱をかぶって西の空を見つめていた。

「これは？」

「閣下、こちらはまだ入手したばかりでして……」

「見ている私まで静謐《せいひつ》な気持ちになるようだ。どこの流派でもない。自分の目ですくい取ったものを描いている。この画家のほかの作品は？」

「実は、こちらの作品は画家によるものではないんですよ。教会のチャリティーに出されていたのを手に入れた者が私のところに持ち込んできたのです。私もこの作者に興味を持ちましてね。もとをたどっていったところ、なんと、作者は貴族令嬢だったのですよ」

「なんだって？」

ランドルフは再びまじまじと絵画に見入った。

「……信じられないな。どちらの家のご令嬢だ？」

「突き止めて、どうなさるおつもりですか？」

ランドルフは厳かにこう答えた。

「この新しい才能を支援しないと、と思ってね」

第一章　引きこもり老嬢に、こんな縁談が来るわけない

澄んだ青空が広がる秋の午後のことだった。

その清冽《せいれつ》な青を画布に移したくて、アメリアは庭で画架の前に座り、画布に薄い青を塗っていた。空の青さを確認したくて、アメリアが再び天を見上げたそのとき、黄金に遮られる。

それは男性の頭髪だった。

何が起きたかわからず、アメリアが呆気《あつけ》にとられていると、その金髪の持ち主は、きらめくエメラルドグリーンの瞳を細め、不敵な笑みを浮かべた。

「見つけたよ。君だったのか」

アメリアは、ほかに誰かいるのかと、あたりを見回したが、自分以外は誰もいない。

「どなた様ですの?」

男は驚いたようで、少し目を見開いてから、舞踏会で淑女に対してするような、片手を胸に当て、もう片方の手を広げる挨拶をした。

「これは失礼した。私は……」

彼が途中まで言いかけたところで、「公爵閣下～！　どちらにいらっしゃいますか～？」という父親の声が聞こえてくる。

ハッとするのは今度はアメリアのほうだ。

――長身、金髪、緑眼！

軍服ではなく、優雅なクリーム色のヴェストに黒いフロックコートという出《い》で立《た》ちだったので、気づくのが遅れてしまった。五年前、舞踏会で見かけたときは軍服姿だったが、この紳士はまぎれもなく――。

「ウィンスレット公爵閣下！」

ここ一週間ほど、アメリアの家、ハートリー伯爵家は興奮状態にあった。それも仕方のないことだ。王族の次に高い地位にあるウィンスレット公爵が、王都から馬車で三日かかる、片田舎にあるこの伯爵邸を訪問することになったからだ。

公爵は三十二歳になったというのに独身で、伯爵家には、今年社交界デビューしたばかりの十六歳のクロエがいた。初めての社交シーズンを終えたその年の秋に公爵がやって来るなんて、一体いつ見初められたのかと、両親は狂喜乱舞。新しいドレスを三着も奮発してしまった。

アメリアも伯爵家の娘には違いないが、前妻の子で、とうに二十一歳。社交界デビューした年こそ王都で過ごしたが、それ以降は領地の館に引きこもっていたため、出会いもなく、ちょうど結婚を諦めたところだ。もうすぐ修道院入りが決まっている。

あとは十五歳の三女と十二歳の長男がいるだけで、どう考えても目当ては次女のクロエだ。

公爵の訪問は大歓迎だが、館《やかた》は荒れ放題だった。無駄に歴史だけはある伯爵家なので、やたら広く、そしてその広い敷地をこまめに手入れする財力が今の伯爵家にはなかった。現当主であるメルヴィンが十年前に事業に失敗したのだ。

公爵が訪問するとあって、メルヴィンは庭師や大工を大量に雇い入れ、荒れ放題の庭をなんとか見られるようにし、大理石の壁に伝《つた》う蔦やカビを剥《は》がし、館の修繕をした。

家計の苦しい伯爵家がこんな投資をしたのは、ひとえに公爵家と姻戚になり、伯爵家が取り立てられて繁栄することで、何十倍にもなって返ってくると見たからにほかならない。

そして今、アメリアの目前に、伯爵家が待ちに待ったウィンスレット公爵が立っている。

――しまったわ！

アメリアは自身の服装に目を向けた。

彼女は汚れてもいいように、絵の具の付いたスモックをドレスの上に着用していた。

正門と本館エントランスを繋《つな》ぐ馬車道から離れた場所だから見つかることがないと踏んでいたのだ。それに見つかったとしても、普通、客人は庭園の道半ばで馬車から降りないものである。

――よりによって、なんでここに？

伯爵家の命運がかかっている日に、嫁《い》き遅れのアメリアが水を差すようなことがあってはならない。

「あ、あの、私はこんな格好ですが、異母妹《いもうと》たちは……私と違って、ま、ま、まともですので……見なかったことにしていただけませんでしょうか？」

アメリアは立ち上がって、公爵にお辞儀をした。

公爵は長身なので、下目使いで威圧感がある。

「見なかったことにするのは……無理だ」

――なんと無慈悲な！

「公爵閣下、どうかお願い申し上げます。私はただ、絵を描くのが好きなだけで、誰にも迷惑をかけておりませんし、家族の足を引っ張りたくないのです。妹たちの評価を下げないでいただけると大変ありがたく……」

「評価が下がる？」

公爵がアメリアの話を遮って怪訝《けげん》そうに眉を顰《ひそ》めた。

美形がこういう表情をすると、愛嬌《あいきょう》がないだけに余計に怖い。アメリアは震え上がった。

そういえば、この公爵は、元はホルバイン侯爵で、ここエッガーランド王国に侵攻してきた隣国のフェネオン共和国軍を撃退した功により、ウィンスレット公爵に叙されたのだった。確か元帥でもあったはずだ。

――優男に見えて武闘派なのよ、このお方！

「あちらで父が閣下のことをお待ちしているようですので、どうか、どうか、あちらにどうぞ」

アメリアは、手を伸ばしてエントランスのほうを差しながら後退《あとずさ》って、画架と画布を抱え、大慌てでその場をあとにする。

公爵の訪問の目的は『ご令嬢にお会いすること』だと伝えられていたので、お茶会に参加するのは次女クロエと三女ポーリーンだけで、十二歳の嫡男と老嬢《ろうじょう》であるアメリアは呼ばれなかった。

アメリアはむしろほっとしたものだ。彼女は一人で絵を描いているときが最も幸せで、社交が苦手だった。今だって公爵にうまく自分の立場を説明できず、逃げるように去ってしまった。

アメリアは、アトリエと化した乱雑な自室に戻ると、画架と画布を置き、うつ伏せでベッドにぼふっと飛び込んだ。

――あんなに近くで見られる日が来るなんて思ってもいなかったわ……。

アメリアは、五年前に社交界デビューしたときのことを思い出す。

社交界デビューの王宮舞踏会では、エスコートしてくれた従兄《いとこ》と、従兄の友人が義理でダンスに誘ってくれた以外、誰からも相手にされず、壁に寄り掛かって紳士淑女を観察していた。

どうしても目が行ったのが、当時、ホルバイン侯爵だったランドルフ・ブラッドフォードだ。

あのときは渋い色の軍服姿だったが、それが却《かえ》って彼の美貌を際立たせていた。

彼は将校たちに囲まれ、王太子と親しげに話していた。将校たちに淑女を紹介されては優雅なダンスを披露する。いつも社交界の中心にいた。

アメリアは遠目で彼の像を頭に刻み込み、家に帰ったあと、何度か絵にしたことがあったが、本物の美しさには敵《かな》わなかった。

今日、その彼を間近に見て、しかも声を聞くことができた。想像したより低い男らしい声だった。

――今こそ、私、描けるわ。

アメリアはベッドに手を突いて上体を起こすと、床に飛び下りる。画架に白い画布を置く。左の前腕にパレットを載せ、右手で筆を持つ。筆先に付けた薄茶色で画布に、公爵の顔の輪郭線を描き始めた。

意志の強そうな、きりっとした眉毛の下には憂いを秘めた瞳。長い睫毛が左右に流れていて、優雅さを醸し出している。高く通った鼻梁《びりょう》のもとには少し薄めの唇。その口角はやや上がり気味――。

アメリアだけの公爵が画布に浮かび上がってくる。とにかく記憶が新しいうちに描き上げようと、アメリアは今までにない速さで描き進めた。

だが、色を付けると、筆に迷いが生じ始める。

――違うわ。これじゃ白すぎる。

モデルが目の前にいないとなかなかリアルに描けないものだ。色を作り直そうとアメリアが絵の具を出していると、隣室の回廊側の扉が大きな音を立てて開く音がした。侍女は普段、こんな乱暴な開け方をしないので、アメリアは何があったのかと身構える。

今度はアメリアのいる部屋の扉が勢いよく開き、侍女が荒い息を吐きながら駆け込んできた。

画布に描いた公爵を侍女に見られると、会ったことがばれてしまう。アメリアは慌てて画布を裏向けた。

「アメリア様、今すぐ、き、着替えてくださいませ。あと髪型のセットも急いでしないと！」

侍女がぜいぜい言いながらクローゼットのほうに走って行くものだから、アメリアは驚いて立ち上がった。

「どうして……？」

五年前に作った舞踏会用のドレスを引っ張り出しながら、侍女が顔だけ向けてきた。

「ウィンスレット公爵閣下がアメリア様にお会いしたいとのことです。すぐにお着替えを！」

「ええ⁉」

公爵と会ったりしたら、さっき小汚いスモックを着て絵を描いていたのを家族に知られてしまう。

「あ、会わないほうがいいわ……」

と口では言ったものの、アメリアはもう一度、公爵の顔が見たくて仕方なかった。

――肌色、白っぽく見えたけれど、本当は違う気がする……。

そんな思考は、急に現れた侍女頭のけたたましい声によって吹き飛んでいく。

「公爵閣下のご希望ですから無下《むげ》にはできません！」

侍女頭とともに義母プリシラの侍女たちまで押し寄せてきた。アメリアの侍女が、彼女たちにドレスを見せる。

「このドレスは型が古いですが、刺繍《ししゅう》が凝《こ》っているのでいいかと思うのですが、いかがでしょうか？」

伯爵家が裕福だったころの祖母のドレスを仕立て直したので素材は綾織《あやおり》の絹で、細かな花の刺繍が施されている。高級といえば高級だが、今は白のモスリンが主流だ。

侍女頭は一瞬、渋い顔になったが、諦めるようにこう答えた。

「まあ、これなら……失礼にはならないでしょう」

「え、ええ？　待って。私、お会いしないほうがいいと言っているのよ！」

アメリアは薄汚れたスモックの裾を掴《つか》んでぎゅっと下に引っ張った。

――こんな姿の女が本当に姉だとわかったら、クロエの縁談を台無しにしてしまうわ。

ただでさえ恰幅《かっぷく》のいい侍女頭が今までにない鬼気迫る顔を向けてくる。

「アメリア様もご存知のはずですよ？　ウィンスレット公爵閣下といえば救国の英雄です！」

三人の侍女がうなずいて同意しながら、それに続いた。

「フェネオン共和国に隣接している国で侵略を受けていないのは、エッガーランド王国だけですわ。それは我が国に、ウィンスレット公爵閣下という有能な元帥がいらっしゃるからにほかなりません」

「ここ、クロックフォードは地理的にフェネオン寄りですから、公爵閣下が食い止めてくださらなかったら、このお邸だってどうなっていたことか！」

「私、閣下のご尊顔を垣間見て……戦場での二つ名が、〝鋼《はがね》の美神《びしん》〟だったわけが、よぉおくわかりました。私、公爵閣下の美貌を、なんとしてでも、もう一度拝みたいですわ……」

最後のひとりがうっとりと瞳を細めたところで、侍女頭がこんな言葉で締めた。

「その公爵閣下が、アメリア様にお会いしたいとおっしゃっているのですから、我々は担いででも、アメリア様をお連れする覚悟でございます」

侍女たちの八個の瞳が野性の狼《おおかみ》のように光る。

――怖い！

何が怖いって、いつも無表情で淡々と仕事をこなす侍女たちをここまで狂わせる公爵という存在が怖い。

アメリアは観念し、スモックから力なく手を離した。その瞬間に、四人の狼によって、スモックどころか全て剝《む》かれて裸にされた。アメリアが侍女三人がかりで下着を着けられている横で、もうひとりの侍女がドレスを掲げて待っている。ドレスの刺繡は薄紅色の花模様だった。

――公爵閣下のヴェストは銀糸で草花を描いた見事な刺繍だった……。

アメリアが、銀色でその草花を頭の中で描いているうちに、いつの間にか着替え終わっていた。しかも侍女によって、もさもさの茶髪がアップにされ、義母のアクセサリーで飾り立てられている。

――頭の大きさが更に肥大したわ。

アメリアはやたらと多い毛量をいつも持て余していた。垂らすと横にもっさりと広がるし、アップにすると、一昔前に流行《はや》った頭頂を山のように盛る髪型になってしまう。

「さ、こちらへ」

侍女頭に手を引かれ、アメリアは応接の間《ま》へと連れて行かれる。古ぼけた部屋がなぜか今日は輝いて見えた。

何ごとかとマホガニー製のテーブルを見やると、蜜蠟《みつろう》で磨いたのか、やたらてかてかとしている。テーブル中央には色とりどりの花を生けた大きな花瓶があった。どこから引っ張り出してきたのか、その白磁の花瓶は、美しく色付けされた天使や花々で模《かたど》られた見事なものだ。

しかも今、そのテーブルには、花瓶の天使も霞《かす》む美丈夫が着席している。奥にある大きな窓から入るやわらかな光を受け、独特な雰囲気を纏《まと》っていた。

――ん？　色が違う。

さっき、白っぽく見えたのは、直射日光のせいだ。それで、白を混ぜすぎて人形《にんぎょう》のような肌色になってしまったのだ。

――私、描ける、描けるわ！

アメリアが、今すぐにでも部屋に戻って色を塗り直したい気分になっていたところ、公爵がすっと優雅に立ち上がった。それにつられて伯爵家四人も腰を上げる。

「アメリア、お久しぶり。今日は結婚を申し込みに来たんだ」

――よかった、さっき会ったことはなかったことにしてくれたのね。

アメリアが胸を撫《な》で下ろしたところで、やっと『結婚』という聞き慣れぬ言葉がアメリアの脳にたどり着いた。

「け、結婚……ですか？」

公爵は断られることを想定していない自信に満ちた眼差《まなざ》しをしていた。こんな美しい緑眼で見つめられて断れる淑女はいないだろう。

アメリアはくるっと頭を回して、妹二人に顔を向ける。

「おめでとう。で、結婚するのはクロエよね？」

一瞬勘違いしそうになった自分をアメリアは密《ひそ》かに恥じた。公爵がアメリアに結婚を申し込むわけがない。年齢的にも妹のクロエだ。

そもそもアメリアが公爵と話したのは今日が初めてなのだ。

――不格好な姉がいても気にしないなんて、国を救うレベルの英雄ともなると度量の大きさが違うわ。

アメリアが感心していると、クロエが奇異なものを見るような視線を向けてきた。よくあることだ。アメリアが常識外れなことを言うたびに、クロエにこんな目で見られる。

——また、何か変なことを言ってしまったのかしら。

いくら妹とはいえ、クロエはもう〝公爵閣下の婚約者〟だ。お祝いの言葉が馴《な》れ馴《な》れしすぎたのかと、アメリアが考え込んでいると、公爵の落ち着いた声が耳に届く。

「何を言っているんだ？　私が結婚を申し込んだのはアメリアだよ？」

公爵が間《ま》を詰めてきて、アメリアの手を取った。

——背が高い。二人が並んだら、私の頭頂がちょうど肩の位置……。

アメリアは視覚的に身長差を確認しながら、聴覚のほうで聞き間違いがあったように思う。

——誰に結婚を申し込んだというの？

そのとき、公爵の頭の位置が急激に下がった。公爵閣下ともあろう方がアメリアの前でひざまずき、彼女の手の甲にくちづけたのだ。

「さあ、結婚に『はい』と言ってくれるね？」

彼が見上げてくる。挑発的な眼差しだった。

——嘘《うそ》でしょう⁉　さっきの……聞き間違いじゃない……の？

見つめ返していられなくて、アメリアは家族のほうに目を向けた。

家族たちが一様に心配げにこちらを見ている。

一番不安なのはアメリアだ。公爵夫人といえば、国王夫妻や各国の大使とも交流があるはずである。

想像して、ぶるるっと震え上がり、アメリアは意を決した。断ることが不敬にあたるとしても、この求婚を受けてはいけない。あとで取り返しのつかないことになる。

——そう、国家的危機よ！

「あの……大変光栄に思うのですが、私に公爵夫人が務まるとは思えませんの」

公爵は不機嫌になったりすることもなく、無表情で立ち上がった。

「……だが、先ほど伯爵から修道院に行くと聞いたよ？」

——もしかして同情してくださっているのかしら。

それで結婚相手を老嬢《ろうじょう》のアメリアにしようとしているなんて、公爵は優しい人だ。アメリアは感激しながらも誤解を解かねば、と思う。

「私、趣味がいろいろとあるので、修道院生活を楽しめると思っていますの」

さっき絵を描いているところを見られたのをばらされたくなくて、アメリアは絵画と言わずに敢《あ》えて趣味という言葉を使った。

「そうか……」

公爵がぼそりとつぶやいて、口を噤《つぐ》んだ。

そこにすかさず、義母プリシラが甲高い声で割り込んでくる。

「そうですのよ。アメリアは舞踏会など社交の場が苦手なので、結婚には向いていませんわ。その点、社交的なクロエが……」

プリシラが話し途中で、公爵に遮られる。

「伯爵夫人、申し訳ないが、私はアメリアと話したいんです」

それを聞いて慌てたのは伯爵のメルヴィンだ。

「ウィンスレット公爵閣下、妻が余計なことを申し上げました。さ、アメリア、公爵閣下が恐れ多くも一瞬とはいえ結婚したいとおっしゃっていらっしゃるのだ。お受けしなさい」

公爵の眉間に皺《しわ》が寄って、メルヴィンが震え上がる。

「私の求婚は決して一瞬のものではありません。一生です。アメリア、誤解しないでくれ」

話し始めたときは父親のほうを向いていた彼の緑眼がアメリアの瞳をとらえた。

「い？　一生？　なら、な、なおらさ、いえ、なおさら……私には荷が重すぎますわ」

慄《おのの》くアメリアを見下ろして、公爵が失望したように小さく首を振る。

いい加減、アメリアにうんざりした様子だ。いざ、そんな表情を目の当たりにすると、アメリアの中で、悲しいような切ないような今まで味わったことのない感情が生まれた。

——結婚したくないはずなのに……おかしいわ……。

「わかった。性急すぎた」

公爵の瞳が悩ましげに細まったので、アメリアの心はずきんと痛む。

「だが、私は結婚に『はい』と言ってもらえるまで諦めるつもりはないよ。まずは、ご家族を交えて会話するぐらいならいいだろう?」

「は、はい。私でよろしければ……」

突然、アメリアの心中に噴水でもできたかのように、喜びが湧き上がってきた。

――私のことを知れば、きっと結婚したいなんて気持ちがなくなるわ。

そうやって自身を牽制《けんせい》したものの、水はほとばしり続ける。

――噴水が描きたくてたまらなくなってきたわ。どうしちゃったの、私……。

「さあ、アメリアもお座りなさい。お茶にしましょう」

プリシラの言葉で皆が着席する。公爵のお向かいの席はクロエのままだったが、アメリアはその隣に座ったので、斜め前から公爵の顔を見ることができた。

公爵が、その後、世間話しかしなくなったので、アメリアは、求婚は何かの冗談だったのだと自分に言い聞かせる。

そして彼の少しカールした金髪がどのようにうねっているのか、じっと観察していた。

だが、ウィンスレット公爵は全く諦めていなかった。訪問から一週間も経《た》たないうちに、公爵からハートリー伯爵宛てに、長女アメリアとの正式な結婚の申し込み書が届き、伯爵夫妻は仰天する。

早速、その日の晩餐《ばんさん》の席で、家族会議が開かれた。

ダイニングルームの古ぼけた十人掛けテーブルに、家族六人が腰掛けている。もちろんテーブル上に花を活《い》けた花瓶などない。

まず、当主メルヴィンが口火を切った。顔が丸々としているので、今いち緊張感に欠ける。

「あまりに性急だが、社交界一の色男も三十を過ぎて、やっと身を固める気になったということだ。私としても親戚関係になれるのはありがたいと思っている」

あの公爵との結婚が、父親の口から既定路線のように告げられて、アメリアは驚愕《きょうがく》した。なぜ公爵ともあろう高位の貴族が、小汚い格好で絵を描いているアメリアを見て結婚したいと思ったのか、甚だ疑問である。

「先日は、会話するだけでいいって……」

狼狽《うろた》えるアメリアに、父親が諭すように語りかけた。

「本気だと思われていないと感じて、正式な文書をくださったのだろう。アメリア、こんなに求められているのだから結婚したらいいではないか。修道院で一生を終えるよりもずっと幸せ……いや、比較にならんな。貴族に生まれた女性としてこれ以上の幸せはないだろう」

「そ、そうでしょうか。私、修道院で静かに絵を描く生活も悪くないと思っていましたわ」

そのとき、義母プリシラがおもむろに、にっこりと微笑んだ。金髪で派手な顔立ちなので、笑うと華やかさが一層増す。

「あなた、社交の苦手なアメリアにそんな無理をおっしゃってはかわいそうよ。代わりにクロエをお薦めしてはいかがかしら？」

「だが、あのお茶会のときも、アメリアがいいと、きっぱりとおっしゃっていらしたぞ？」

公爵夫人なんか務まらないと思っていたアメリアだが、いざ、そんな心地いい言葉を耳にすると、胸を高鳴らせてしまう。

「お姉様、羨ましいですわ。私、一度だけ、公爵閣下に踊っていただいたことがありますの。顔がお美しいだけでなく、微笑が優しげで、背が高く、体が大きくて守られているような感じがして、天にも昇る気持ちで……。だから、先日の訪問、すごく楽しみにし……」

クロエのはしばみ色の瞳から大粒の涙がぽたりと零《こぼ》れる。

「クロエが公爵夫人になるはずだったのに、なんてかわいそうな子！」

隣に座っていたプリシラがクロエの背に手を回し、恨みがましく涙ぐんだ瞳を夫に向けた。

メルヴィンは、丸い頬《ほお》を重そうに持ち上げて形ばかりの笑みを作り、プリシラを見つめ返すことしかできない。彼は妻に頭が上がらないのだ。

「確かにクロエはかわいそうだ。公爵閣下は元々クロエ目当てで来ただろうに、アメリアをお選びになってしまったのだから。だが、公爵家からの要請を伯爵家が断るわけにはいかん」

メルヴィンは、敢えて経済的な理由については触れなかった。そもそも伯爵家が借金を抱える羽目になったのは、妻に財産を二倍にする方法があるとそそのかされたことが発端なのだ。

プリシラはメルヴィンの言葉が何も聞こえなかったかのように顔をクロエのほうに向ける。

「クロエは公爵閣下と結婚したいのよね？」

プリシラが問うと、クロエがこくこくと何度も首を縦に振った。

「もちろんですわ。ほかの方は考えられません」

次に、プリシラがアメリアのほうを向いた。アメリアはなぜか悪寒を感じる。

――お義母様《かあ》は、にこやかな顔をしていらっしゃるのに、私、変だわ。

「ねえ、アメリアは特に公爵閣下と結婚したいわけではないのよね？」

「は、はいぃ」

アメリアは咄嗟《とつさ》に返事をした。声が上ずっていた。自分で答えておいて、なぜ、自分はあんな素敵な男性《ひと》と結婚したくないと思ったのかとアメリアは首をひねる。

――そうそう、素敵すぎるからだわ。

社交界の中心人物と引きこもり老嬢なんて、どう考えても釣り合わない。

――公爵閣下にふさわしいのは……。

アメリアはクロエの顔に目を向ける。

クロエは母親譲りの艶《つや》やかな金髪で華があり、誰とでも臆することなく話すことのできる娘だ。しかも若くて肌が瑞々《みずみず》しい。

――こういう娘《こ》こそ、高位の貴族夫人にふさわしいのよ。

公爵はきっと知らないのだ。アメリアが社交界でどれだけ誰からも相手にされなかったのかを。壁際に一人で突っ立っているのが辛くなって、翌年から、この館に引きこもるようになったことも。

アメリアは家族全員を見渡す。

「皆様も、私が公爵夫人なんて無理だと思っていらっしゃるでしょう?」

それについては満場一致だ。ここ四年間、アメリアはどこの舞踏会にも参加せず、出かけるといったら近場の美術館ぐらいで、ひたすら絵を描いてきた。

プリシラが満足げに嫣然《えんぜん》と微笑んだ。

「これで決まりですわね? クロエがお嫁に行けば、伯爵家が断ったことにはなりませんわ」

女王プリシラが黄金の椅子に座り、足もとに敷かれたベルベットに傅《かしず》く家族を見下ろす。家族は儀式のときの大臣のような正装をしていた。そんな構図が突如としてアメリアの脳裏に浮かんだが一瞬だけだ。それを実際に描いてみたいとは、これっぽっちも思わなかった。

家族会議からまだ数日しか経っていないある日の午後、ハートリー伯爵家の門番はあまりの恐ろしさに声を上げそうになった。

門の前に、毛並みのいい青鹿毛《あおかげ》の馬に乗ったウィンスレット公爵が現れたのだ。先日の訪問時と同様にフロックコート姿だが、その腰には柄《え》が黄金のサーベルが提げられている。ただでさえ上背があるのに、体高の高い馬に乗っているので威圧感が半端ない。

しかも彼の背後に、今にも襲い掛かってきそうな騎馬兵の群れが見える。

戦争だ。再び戦争が始まったのだ。

門番がそう誤解しても仕方ない。平時なら、公爵は馬車に乗って移動するはずである。

「そこの門番、私、ウィンスレット公爵ランドルフ・ブラッドフォードが門まで来ていることを、当主に伝えてくれ。アポイントメントを取っていないので、ここでいつまでも待たせてもらう」

「は、はい！」

門番は、とりあえず戦争が始まっていないことに安堵《あんど》する。

そういえば、以前、馬車に乗ってきたときも、門までこの騎馬兵たちが付いてきた。エッガーランド王国とフェネオン共和国は休戦中とはいえ、元帥はいつ命を狙われるとも限らないのだろう。

実際、先の元帥はフェネオン共和国の間諜《かんちょう》に暗殺された。だから、ウィンスレット公爵はいつも厳重に警護されているのだ。

だが、門番は一人しかいない。前回の訪問のときは、いつもより使用人の数を盛り盛りにしていた伯爵家だが、今日は平常運行なのだ。

「閣下、今すぐ報《しら》せに行って参りますので、申し訳ございませんが、しばしお待ちください」

そう言い残して、門番はダッシュで館へと向かった。


門でそんなことが起こっているなど知る由もなく、アメリアは、公爵のエメラルドグリーンの瞳を塗っていた。モデルがいないので、鏡で自分の瞳を見ながら、それを緑に置き換えている。が、やはり、うまくいかない。

——亡きお母様の絵も、鏡の中の自分をモデルに描いたけれど、実は似ていないのかもしれないわ。

だが、義母プリシラがいないところで父親に見せたら、目を潤ませて『とても似ているよ、上手だね』と言ってくれた。

アメリアが感傷に浸っていると、またしても回廊側の部屋が騒々しくなったので、アメリアは画布を裏向けて壁に立て掛ける。妹の婚約者に未練たらたらだと思われたらかなわない。

カモフラージュ用の猫の絵を画架に置いたところで、勢いよく扉が開いた。

「た、た、大変です！　ウィンスレット公爵閣下が突然ご来訪になって……アメリア様にお会いしたいそうです。そ、そのスモックを取るだけでよろしいですから、一刻も、一刻も早く、応接の間《ま》に……」

——嘘でしょう⁉

もう一度あの緑眼を観察したいと思ったら、本物が現れるなんて信じられない。

アメリアが幸運に打ち震えていると、ずぼっと頭からスモックを抜かれた。

アメリアは頭髪をアップにせず、栗色《くりいろ》の髪をもさもさと肩まで広げ、地味な襟高のドレスに猫柄のスカーフを巻いている。スカーフはアメリアにとって唯一のおしゃれで、いろんな面白い柄を持っているのだ。妹のクロエには変な柄だと時々笑われるが、アメリアは気にしていなかった。

侍女に連れられてアメリアは応接の間《ま》に入る。今日は卓上に花も花瓶もないが、もう一度見たいと思っていたエメラルドグリーンの瞳があった。

意外なことに、クロエはおらず、父母と公爵だけがテーブルに着いている。

メルヴィンはアメリアを認めるとすぐに立ち上がり、公爵の向かいに座るようにうながした。

アメリアが席に着くと、真正面に公爵の顔がある。吸い込まれるようにそのエメラルドグリーンの瞳を見つめていたら、公爵の瞳孔が開き、更に美しさを増した。

——生きているモデルは変化があるから面白いわ。

公爵が一瞬目を逸《そ》らしたと思ったら、顎を引き威厳のある表情に戻った。

「ご両親が、君が結婚を断って妹に譲ったとおっしゃるんだが、これは何かの間違いだろう?」

なぜか、ずきんと、アメリアの胸が痛む。

この間もそうだった。公爵の前に出ると、安定していた精神が急に乱れる。些細《ささい》なことで、うれしくなったり、落ち込んだり……おかしくなってしまうのだ。

「本人の口から聞きたいと思ってね」

アメリアが黙っていると、公爵がそんな言葉を継いだ。アメリアは隣のプリシラを一瞥《いちべつ》する。張りついた笑顔を浮かべていた。

「そうです。私より、クロエのほうがふさわしいと思ってのことです」

義母の口元がゆるんだのを確認して、アメリアは安堵の息を吐いた。

すると、公爵の眼差しが鋭くなったが、その視線は、なぜかアメリアではなくプリシラのほうを向いていた。

「ハートリー伯爵ご夫妻、アメリアと二人きりで話したいので、人払いをしてもらえませんか?」

「も、もちろんです。閣下」

父のメルヴィンが腰を上げ、プリシラや侍従たちもそれに続こうとしたとき、アメリアはすっくと立ち上がる。

――ここで話しても、堂々巡りになるだけだわ。

「いいえ。皆様はこのままここにいらしてくださいませ。公爵閣下、よろしければ、私の居室でお話ししませんこと？」

公爵が何か企《たくら》んでいるような瞳でアメリアを見上げ、片方の口角を上げた。

どきんと、アメリアの心臓が跳ねる。妙に色っぽい表情だったからだ。

「淑女のお部屋に入れていただけるなんて、それはそれは光栄ですよ」

公爵がゆっくりと立ち上がった。動作にいちいち気品がある。

「本当の私を知れば、きっとこの求婚が間違いだったとおわかりいただけると思いますの」

あの取っ散らかった薄汚い部屋を見たら、公爵はきっといやになる。いずれ本当のアメリアを知って愛想を尽かされるなら、早いほうが誰も傷つかない。

それなのに、アトリエと化した部屋に招き入れられたとき、公爵は開口一番こう言った。

「やっと二人きりになれたたね」

公爵が口元に甘い微笑を浮かべている。

――どういうこと？

アメリアは自分の部屋を見渡した。窓際の画架にはカモフラージュ用の猫の油彩画。額装していない何十枚もの絵画が壁に立てかけてあり、テーブルには絵筆立てや水差し、パレット、ペイントボックスが雑然と置いてある。

「公爵閣下は、この部屋をご覧になってなんとも思われないのですか?」

「絵を描くのが本当に好きなのだと思ったよ?」

アメリアは両腕を広げた。

「そ、そうではなくて……。すごく……乱雑ですわ！　しかも油臭いし」

公爵が平然と部屋を見渡す。

「いや。必要なものを必要なところに置いているだけだろう?　私が懇意にしている美術商の邸宅は、床に彫像がごろごろ転がっているよ?」

「そ、そういうものですか……」

紳士は、きれいな部屋の淑女を好むものだと思い込んでいたので、アメリアは肩透かしをくらう。

——祖国を救うような英雄は、部屋の汚れも気にならないのかしら?

アメリアの動揺をよそに、公爵が間《ま》を詰めてきた。真剣な表情を向けられる。

「本題に入ろう。私の求婚を拒んだのは、義母の意向を汲《く》んだだけだろう?　妹に譲る必要はない」

汲まなかったといえば嘘になるが、アメリアはそれ以上に心に引っかかっていることがあった。

「あの、先日ご来訪されたとき、庭でお会いしたことを秘密にしてくださったことについては、とても感謝しております。ですが、元は、クロエと結婚したくてこちらをご訪問なさったのでしょう？　だって私、以前お話ししたことがございませんもの。それなのに、私と先に会ったせいで、クロエの結婚を破談にしたのではと、私、クロエに申し訳なく思っていますの」

——老嬢の私に同情してクロエから私に換えてくださったのでしょう？

そんな言葉が出かかったが、あまりに惨めなので、アメリアは喉の手前で押し戻す。

公爵の目が見開かれたが、さっきの瞳孔の動きとは違っていた。不本意そうに見える。

「……そうか。そんなふうに思っていたのか。名前に確信が持てなかったので、『令嬢』としかお伝えしなかったのは失敗だった。だが、私たちは話したことがないだけで、お互い知っているよね？　私は覚えているよ。君が五年前、王宮舞踏会でデビューしたときのことを」

——えええええ？

アメリアは恥ずかしくなって両手で頬を覆った。あの無様な、誰にも相手にされていないところを見られていたのかと。

「わ、私も覚えていますわ。でも、当時は軍服をお召しでした」

「そうか……君も、私のことを覚えていてくれたのか」

公爵は有名人なのだから、当たり前だ。

公爵がアメリアの手を取って、切なげに双眸《そうぼう》を細めた。

「忘れられなかったんだ」

――そんなこと、ありえないわ！

「舞踏会では声を掛けてくださることもなかったのに、なぜ今なのです？」

どくん、どくんと、アメリアは体の中が心臓の音でいっぱいになったように感じる。

「あのときは女性にも結婚にも興味がなくて、紹介された淑女と礼儀として踊っていただけだ。信じられないかもしれないが、私が女性に関して自ら動いたのは、これが初めてなんだ」

――結婚に焦りを感じる年齢になって、ようやく老嬢の私を思い出したということ……？

結婚に興味がなかった人が興味を持つようになったということは、興味の対象だって時間が経てば変わるということではないだろうか。

「そ、それでしたら、そのうち……クロエにも興味が湧くときが来るかもしれませんよ？」

――そう。これでいいのよ。

アメリアは自分にそう言い聞かせた。

だって、アメリアは舞踏広間の壁際に突っ立っているのがお似合いの傍観者で、公爵は社交界の中心人物だ。次々と美女を紹介されては踊っていた。傍観者は傍観者らしく、こうして彼を近くで見られたことで満足し、彼を描くことに喜びを見出して生きていくのが分相応だ。

「……私の邸《やしき》に、我が国随一の絵画コレクションがあることをご存知か？」

公爵がぼそりとつぶやいた。さっきまでの覇気のある声とはえらい違いだ。

「え？」

急に話が飛んだが、アメリアにとって、とても好奇心がそそられる話題だった。

「……私と結婚したら模写し放題だ」

「ま、まぁ……」

アメリアの心の中にまたしてもあの噴水が現れ、喜びの飛沫《しぶき》が上がり始める。

「しかも、私のサロンには、アクランドやトラヴィスなどの有名な画家も参加するんだよ?」

「まあ!」

アメリアは、特にアクランドと話してみたかった。美術館で彼の油彩画を見たことがある。どういう技法を使えばあんな描き方ができるのか聞きたいし、そして何よりも彼の自然な描写がいかに好きかを直に伝えられるのなら、これ以上の幸せがあるだろうか。

アメリアの噴水は喜びを噴き上げていた。

公爵がアメリアから離れ、画架の横までゆっくりと歩き、画布に手を置く。

「海を見たことは?」

「……ありませんわ?」

「描いてみたいとは思わないか?」

「描いてみたいです!」

アメリアは気づいたら胸の前で自分の手と手を合わせていた。

「君は私と結婚することで、一生、ウィンスレット公爵というパトロンに庇護《ひご》されることになる」

ここまで来て、急に噴水の水が涸れた。

――話がうますぎる。

社交界で女性としての魅力のなさを思い知らされたアメリアとしては警戒せざるを得ない。

「それでしたら、あまりにも閣下にメリットがなさすぎますわ」

公爵が半眼になった。こうすると黄金の睫毛の長さが目立ち、不遜な感じがする。さすが〝美神〟と言われるだけはある。

「……君は、自分の魅力に気づいていない」

公爵がそう言いながら近づいてきて、アメリアの顎を取った。

恋人のようなふるまいをされ、アメリアは困惑しながらも、胸の鐘の音が止まらなくなっていた。

「み、魅力……？　そんな……。あ、あなた様は公爵閣下でいらっしゃいます。もっと素敵な方がいらっしゃるでしょう？　それに私、社交が苦手なんです。だから、お役に立てそうにありませんわ」

公爵がしびれを切らした。有無を言わさぬ威厳をもって、命令口調になる。

「私の役に立ちたいなら、そんな社交術などいらない。アメリア、私の子を産みなさい」

――英雄のお子を、私が……⁉

結婚だけでも現実感がなかったのに、公爵の子を産むなんて想像を絶している。アメリアが固まっていると、公爵が近づいてきて、彼女の腰に手を置いた。

——手、大きい……。

ただそっと触れているだけなのに、アメリアの全神経がそこに集中し、ささやかな動きさえも必要以上に意識してしまう。

「私の役に立ちたくないというのか？」

これが元帥の貫禄《かんろく》というものだろうか。威圧的に見下ろされると、絶対に服従しないといけないような気になる。

「とんでもございません！　我が領地が無事なのも、公爵閣下の功績によるものと伺っております。不肖アメリア、ぜひお役に立たせて……」

——って、もしかして、今、私、求婚を受けた⁉

公爵が口の端を上げたが、何か苛立《いらだ》ちを含んでいるような気もしないでもない。

「よかった。では、私の求婚に承諾してもらったと、ご両親にお伝えしよう」

「え？　親に？」

プリシラとクロエの顔が浮かんで、アメリアが真っ青になったところ、公爵がこんな言葉を畳みかけてくる。

「私は両親とも他界しているので、アメリアのご両親の許可をいただければそれで成立するよ？」

「え？　えええ？」

──いよいよまずいわ……！

「返事をもらえるかな？」

再び彼の顔が〝元帥閣下〟になった。

「は、はい！　閣下と結婚させていただき、健康な子を産むために精進したいと思います」

公爵がぷっと小さく笑った。さっきとは違い、やわらかな笑みだった。

「素直すぎる」

「す、すみません」

アメリアは恥ずかしくなって、頬に手を置いて下を向く。

「いや、可愛《かわい》くていいよ」

──私が、可愛い？

そんなことを言われたのは初めてだ。英雄ともなると、女性の趣味も凡人とはかけ離れているのだろうか。アメリアにはそうとしか思えなかった。

そのとき、髪の毛を触《さわ》られ、驚いてアメリアは顔を上げた。

公爵がアメリアのぼわ〜んと広がった髪を撫《な》で、目を見開いた。何か発見でもあったのだろうか。

「やわらかくて、気持ちいいな」

――気持ちいい⁉　このまとまりのない髪が⁉

アメリアはさっきから驚いてばかりだ。

足元に気持ちいいものが触れて、アメリアがうつむくと、白猫のリンジーが背をアメリアにこすりつけて甘えている。

――猫の毛は確かに気持ちいい。

アメリアの髪も猫の毛のようなものかもしれない。

「油彩画の猫だな？」

公爵が画架のほうを指差す。その間も、もう片方の手でアメリアの髪を撫でるのをやめなかった。

「ええ。この猫《こ》、うちの館に居ついていて、みんなで可愛がっているんです」


二人が応接の間《ま》に戻ってきて、驚いたのは伯爵夫妻だ。アメリアが公爵との結婚の意志を固めていた。

公爵がアメリアの腰を引き寄せて、伯爵夫妻にこう告げる。

「十二月になったら、アメリアには社交界に再デビューしてもらいます。その場で婚約発表をして、そして、できるだけ早く結婚するつもりです」

アメリアはその言葉を聞いて、今更ながら驚いた。さっき『はい』と答えたものの、一生独身だと思っていた自分が結婚、しかも相手は公爵である。現実だとは思えない。

だが、それはアメリアだけではなかった。

ウィンスレット公爵がアメリアに求婚したというニュースは社交シーズンでもないのに、じわじわと社交界に広がっていった。公爵がまさか貧乏伯爵家の娘、しかも若いクロエのほうではなく、長女のアメリアを選ぶなんて信じられないという感想が大方だ。

まず、皆が思ったのが、よほど美人なのだろうということだが、記憶力のいい者が、そうではないと否定する。

「ハートリー伯爵家の長女なら、五年前にデビューした地味でもっさりとした娘だ。しかも翌年から、社交場に姿を現さなくなったよ」

国王も首をひねった。

五年前、ハートリー伯爵家の長女とは、社交界デビューの許可を与える接見の場で会ったことがあるが、頭が大きい娘としか覚えていない。

美人なら美人だったと記憶に残るが、頭の大きさしか記憶に残らないということは……つまり、そういうことだ。

そして、この婚約を最も受け入れられないと思っている者がアメリアの近くにいた。彼女の義母プリシラと妹クロエだ。

プリシラの部屋の長椅子に、母娘は寄り添うように座っていた。

「お母様、女磨きや社交術を頑張っている私の幸せを、どうして、お姉様は平気で奪っていくんでしょう。昔から何も努力していないのに……」

プリシラは上体をクロエのほうに向け、彼女の頬に手を添えた。いつも溌剌《はつらつ》としているクロエが悲壮な表情を浮かべている。

「かわいそうな娘《こ》。どう考えても公爵閣下のお目当ては、五年前に少し社交界に顔を出しただけのアメリアでなかったはずよ。今年デビューしたクロエだったのに、まさかアメリアがかっさらっていくなんて……」

プリシラはあまりの悔しさに下唇を噛《か》んだ。

「あの子の母親も……」と言いかけて口を噤む。

アメリアの母ルシンダは社交界一の美女と謳《うた》われ、当時は痩せていて美形だったアメリアの父、ハートトリー伯爵家嫡男メルヴィンを射止めたのだった。伯爵家は当時資産家で通っていた。

プリシラは自分こそが選ばれると思っていたので、かなりショックを受けたものだ。

まさか自分の娘までもが、ルシンダの娘であるアメリアにしてやられるとは思ってもいなかった。

使用人によると、アメリアは公爵の馬車が通る路《みち》から見えるようなところで絵を描いて、話す機会を作ったようだ。あの汚い部屋に閉じ込めておくべきだった。アメリアに社交性がないから油断していたとしか言いようがない。

それにしても、少し会話しただけで、妹目当てで来た紳士をたらしこむとは、血は争えない。この間など、嫁入り前の娘が、公爵を自室に連れ込んで二人きりになっていた。そこから出てきたときには結婚の意志を固めていたので、また男をその気にさせるようなことをしたのだろう。

プリシラは、十代のときの自分がクロエに重なり、アメリアと亡きルシンダへの憎しみを募らせていた。

アメリアを産んだ三年後、ルシンダが命を落とした。涙に暮れるメルヴィンを慰めているうちに、ようやくプリシラに伯爵夫人の座が回ってきた。そのときの年齢は奇《く》しくも今のアメリアと同じ二十一歳。アメリアの母のせいで婚期を遅らせてしまった上に、いきなり三歳の義理の娘を持つ羽目になったのだ。

――今度はなんとしてでも結婚前にクロエと挿《す》げ替《か》えないと……！

過去を思い出していくうちに、プリシラに、そんな決心が生まれた。

「大丈夫よ。お母様に任せてちょうだい」

クロエが顔を上げた。プリシラそっくりのはしばみ色の瞳が涙に濡《ぬ》れている。かわいそうで見ていられない。

「でも、どうやって……？」

プリシラはクロエの蜂蜜色の髪の毛を撫でた。瞳だけでなく金髪もプリシラ譲りだ。

「あの子は自分が非常識だとわかっているから、まことしやかに社会のルールを教えてやれば、なんでもすぐに鵜呑《うの》みにするの。公爵に嫌われるように仕向けるなんて容易《たやす》いことよ？」

「まあ……！　さすがですわ。お母様」

「だって、私はアメリアと十八年の付き合いなのよ？」


婚約が決まってからも、アメリアは相変わらず絵を描いていたが、ついうっかりウィンスレット公爵の顔ばかり描いてしまう。

――だって、あんな美形、なかなかいないんだもの……。

結婚に同意して以来、公爵がときどき伯爵邸を訪ねてきてくれるので、そのたびに観察しているのだが、やはり目の前でモデルをしてもらわないと、肌に落ちる光や影などにリアリティが出ない。

――とはいえ、公爵閣下にモデルを頼むのもおこがましいし……。

美しさが本物に及ばないのだ。描きかけの公爵を、アメリアは再び見つめる。

『アメリア、私の子を産みなさい』

――きゃあ！

彼の掠《かす》れた低い声が頭に響いて、アメリアは心の中で叫んだ。

はあはあと息を整えながら、煩悩を断とうと、アメリアは絵筆で、パレットの絵の具をぐりぐりと混ぜた。

――やっぱり信じられないわ。

舞踏会で金髪を燦然《さんぜん》と輝かせて高位の貴族たちに囲まれ、場の中心にいた公爵。妻ということはその隣に侍《はべ》るということだ。

――ありえない！

現実として像を結ばないのだ。その前に馬車に轢《ひ》かれて死ぬなどといった展開ならいくらでも思いつくというのに――。

アメリアが命の危険を感じて震えていると、侍従がやって来て、公爵の来訪を告げられる。

――予定の時間よりずいぶん早いわ。

アメリアは、公爵を描いていた画布を大急ぎで裏向けて壁に立てかけ、カモフラージュ用の猫の絵を画架に置いた。

――着替えないと。

公爵はアメリアの衣装が気に入らないのか、やたらと高価な布地や装身具を贈りつけてくる。もらった以上、仕立てて着てみせるのが礼儀というものだ。

だが、侍女が見当たらない。元々、アメリア付きの侍女は一人しかいないので、ままあることだが、公爵をお待たせするわけにはいかない。

幸い、絵を描くときのドレスは前の釦《ボタン》を全て外しさえすれば脱げるので、自分一人でもなんとかなる。脱いでいる間に侍女がやって来るだろう。

アメリアが姿見の前で全て脱ぎ終わったところで、コンコンコンとノック音がした。侍女はいつも三回ノックをするのだ。

「いいところに来たわ。手伝って」

扉が開いて入ってきたのは侍女ではなく、公爵だった。

「きゃあ！」

アメリアは腕で胸を隠して背を向け、その場にへたり込んだ。

「失礼した」という公爵の声がして扉がぎぃっと閉まる音が続く。

——どうしよう！

こんな無様な姿を見られたら、さすがに愛想を尽かされそうだ。

しばらく頭を抱えてから、アメリアは、がばっと急に頭を上げた。

——いえ、いいのよ。やっぱり公爵夫人なんて未来、ありえなかったのよ！

アメリアが自力で下着を着けるところまできたとき、侍女が慌てた様子で部屋に飛び込んできた。

「と、隣の部屋で、公爵閣下がお待ちなんですが……！」

「ええ？」

てっきり、アメリアの居室から出て行ってくれたものだと思っていた。着替え終わったあと、どんな顔をして隣室に出たらいいものか。

侍女はそんなアメリアの心配をよそに「この細かな刺繍は本当に素晴らしいですわ」と、公爵が贈ってくれた小花柄のモスリンをうっとりと見つめている。いつもの仕立屋に頼んだ、襟の高い特徴のない型だが、生地が違うだけで、ここまで印象が変わるとは思ってもいなかった。

着替え終わってアメリアが隣室に出ると、公爵が吸い寄せられるようにアメリアのところまで寄ってくる。

「アメリア、とても……似合っている」

公爵はいつもの下目遣いではなく、屈《かが》んで視線の高さを合わせ、更には彼女の手を握ってきた。目の前にある、ふたつのエメラルドグリーンはアメリアの顔しかとらえていない。

――まるで私に恋しているみたい。

そんなわけはない。きっかけは同情で目的は跡取りをもうけることだ。

「素敵な生地のおかげですわ。ありがとうございました」

「いや、君自身の輝きだよ」

公爵が彼女の手を持ち上げ、その甲にくちづけを落とす。そうしながらも、彼の野性的な眼差しはずっとアメリアから離れなかった。

「髪の毛は、結い上げないほうが……私は好きだ」

「は、はい」

時間がないから、そのまま来ただけなのだが、もさもさのほうが好きだなんて意外である。

公爵が名残惜しそうにアメリアの手から自身の手を離し、今度は髪の毛を手で包《くる》んだ。口元まで持ち上げ、毛束にくちづける。

——え？　よりによって髪の毛に？

彼女の髪はただでさえ量が多いのに、くるくると巻いていて、社交界でも「羊のようだ」という陰口、というか率直な感想が聞こえてきたことがある。

「あ……あの、なぜ……髪に？」

「失礼。とてもきれいな髪の毛だったので……そろそろ応接の間《ま》に行こう」

公爵は髪の毛から手を離すと、流れるような動きでアメリアの手を握り、扉のほうへと誘う。

「は、はい」

——変な方。

やはり、アメリアが睨《にら》んだ通り、公爵ともなると美意識が凡人と違ってくるようだ。

そういえば彼は、三年前に勝利した隣国との戦争での勇猛果敢な戦いぶりで、〝鋼の美神〟という異名で讃《たた》えられている。

──戦争でおかしくなっちゃったのかしら？

半刻後、アメリアは応接の間《ま》で父母に挟まれ、公爵と向き合っていた。彼は何事もなかったように平然と白ワインを口にし、会話を楽しんでいる。

──そうよ。この方にとって私の裸なんて、なんでもないことなんだわ。

きっといろんな女性の裸だって見慣れているはずだ。それにあのとき、公爵はすぐに扉を閉めた。あまり見られていないに違いない。そうであってほしい。いや、すぐに目を逸らしたから、全く見ていない可能性もある。段々、何も見られていない気がしてきた。

「……それでいいね？　アメリア」

アメリアがハッとして顔を上げた。

「あ、あの……」

困ったように微笑む公爵がまず目に入り、両隣の父母から咎《とが》めるような眼差しを受ける。

アメリアは考え事をしていて、よく話を聞いていなかったのだ。

──これだから私は公爵夫人にふさわしくないのよ。

「ごめんなさい。ぼんやりしておりました」

だが、公爵の機嫌はすこぶるよく、白ワインのグラスを少し掲げ、乾杯するような動作でアメリアに目配せしてくる。

「なら、『はい』と言ってくれればそれでいい」

こうなったら、言うしかあるまい。

「はい」

「よかった。今週末、私の邸に仕立屋を呼ぶから、たくさんドレスをオーダーしよう。もちろん、ウェディングドレスもね。王都の邸だから日帰りというわけにはいかない。十日間くらいのおでかけになるよ？　ドレスができあがったら、今度また私の邸宅においで。国王、王太子夫妻とお茶をして婚約のご許可をいただこう。なあに、もう話はつけてある。許可をもらったも同然だ。そして十二月になったら王宮舞踏会で再デビュー、その後すぐに結婚式だから、大忙しだよ？」

「ええ⁉」

――そ、そんなに一気に、いろんなことが？

「……わ、私にこなせるでしょうか」

「私が全てうまく運ぶから大丈夫だ」

テーブルの向こうの公爵がアメリアを安心させるように小さくうなずいた。エメラルドグリーンの瞳は自信に満ちていて、及び腰のアメリアでさえも何も問題なく思えてくるのだった。

第二章　私はもう死んでいる

「まあ、これはマンディアルグの代表作ではありませんか！　あ、これはバイヤールの『三日月の夜』！　あら、もしかしてこちらはアマーストが描いた、第二代ホルバイン侯爵閣下の肖像画ですか⁉」

　アメリアは興奮が抑えられず、絵画から絵画へと飛び回っていた。王都の邸宅だというのに公爵邸は領地の館のように広く、二階にはロングギャラリーがあった。

　要所要所に白大理石の彫像が飾られている細長い広間の片側は床から天井まで達する大きな窓があり、もう片側には黄金の本縁に額装された絵画が所狭しと並んでいて、それがいちいち歴史的名画なのだ。

「あら、公爵閣下の肖像画は……も、もしやアクランド作ですか⁉」

　アメリアが振り返ると、公爵が近づいてきて、アメリアの隣に並んだ。

「ああ、よくわかったな」

　アメリアの憧れの画家の優しいタッチで、十代の公爵が描かれている。公爵は早くに父親を亡くしていて、確か十四歳でホルバイン侯爵位を継いだはずだ。

「アクランドの肖像画は、モデルの内面をもすくい取るようで、私もこんなふうに描けたらと思いますわ」

アメリアは掌に片頬を預けて顔を傾け、ほうっと陶酔の息を吐いた。

「私の友人もアクランドが好きで、爵位を継ぐときに『描いてもらうチャンスだ』って瞳を輝かせて……私がいきなり大人の世界に引きずり出されようとしているというときに、あいつは呑気《のんき》で……」

肖像画の公爵は、まだあどけなさを残しているものの、その眼差しは鋭い。

「少しお寂しそうですが……何か決意のようなものを感じますわ」

アメリアが興奮しながら公爵に顔を向けたのに、公爵は、まっすぐ目の前の肖像画に顔を向けたまま遠い目をしていた。

――お父様が亡くなったときのことを思い出していらっしゃるのかしら。

「……その友人も同じことを言っていたよ」

ようやくアメリアのほうを向いた公爵の顔は悲しみに曇《くも》っていた。

アメリアは直感で話題を逸らしたほうがいいと感じて知恵をしぼる。

――そうだわ！

「公爵閣下、今度、こちらの肖像画を模写しに伺ってもよろしいでしょうか？」

公爵が困ったように眉を下げる。だが、端麗な唇が弧を描いたので、アメリアはほっとした。

「何うって、ここが君の家になるんだよ?」

アメリアは、とてつもないショックを受けた。

――やっぱり私、死期が近づいているんじゃ……。

こんなすごい邸が自分の家になるなんて、どう考えてもおかしい。

「どうした?　顔色が悪いよ?」

「……いえ……分不相応なことが起こりすぎて……」

アメリアが深刻になっていたところ、腰に手を回されて一転どぎまぎしてしまう。

「いずれ絵画より私のことを好きになるがいい」

不遜な表情で、よくもこんな甘い台詞《せりふ》を吐けるものだ。

――それがさまになるのがすごいけど……。

アメリアは指先で顎を取られ、顔を上げられる。彼の高い鼻が近づいてきた。

「えっ?」

両親の目が届かないから、公爵のやりたい放題になるのだろうか。思わず顔を背後に向ける。

四十路《よそじ》のベテラン侍女が面食らったような顔をしていた。彼女はハートリー伯爵夫妻の命《めい》を受け、間違いが起こらないように見張っている。とはいえ、貧乏伯爵家が何をされても公爵家に抗議などできるはずもない。形だけのものだ。

「そ、それは困ります……」

アメリアは大きな手で両頬を包まれ、ぐいっと顔を彼のほうに向かされた。

「どうして？　我々は結婚するんだよ？」

「で、でも、まだ婚前《こんぜん》ですわ」

公爵が手を離す。

「それもそうだ。未来の妻が貞淑《ていしゅく》でうれしいよ」

うれしいなんて口先だけで、公爵が不満そうなのは、鈍感なアメリアでもわかる。

だが、アメリアはまだ心の準備ができていない。それに、婚前にふしだらなことをして、侍女から義母に言いつけられても困る。

先日、アメリアは義母から男女の営みについての講義を受けた。


王都の公爵邸へ旅立つ前に、話があるからと義母プリシラの居室に呼ばれた。いつもアメリアは義母に放って置かれているので、珍しいことだ。

お互い長椅子に腰掛けて向かい合う。

プリシラはいつになく神妙な顔をしていた。

『アメリア、この間、公爵閣下を部屋に連れ込んだでしょう？　婚前に男性と二人きりになるなんて破廉恥《はれんち》なことは、今後は絶対にしないでくださいね。ハートリー伯爵家の名誉を傷つけることになるわ』

『は、はい。申し訳ありません。以後気をつけます』

――あのとき公爵が意味深な笑みを浮かべていたのは、そういうわけだったのね。

『今のうちに結婚した男女がどんなことをするのか、教えてさしあげないといけないと思ってお呼びしたの』

『まあ、ご親切に。お義母《かあ》様、ありがとうございます』

アメリアは、あまり構ってもらえることがないので、純粋にうれしかった。それに、予備知識もなしに公爵家に嫁ぐと、いろいろと不手際がありそうだ。

『アメリアも不安でしょうが、私も不安に思っているの。まず、アメリア、あなた、結婚した男女がどんなことをするかご存知なのかしら？』

『ど、どんなことを……？』

アメリアは美術館で見た、裸の男女がベッドで抱き合う絵を思い出したが、もし外れていたら恥ずかしいので、そのことについては触れなかった。

プリシラがこれみよがしに大きな溜息《ためいき》をついた。だが、アメリアはプリシラに落胆の表情をされるのには慣れっこなので気にならない。

『アメリア、あなた彫刻刀で手を切っただけで大騒ぎをしていたでしょう？　だから、私、心配なの』

アメリアは話の流れに付いていけない。

『お義母様、男女のことと彫刻は何か関係がありますの？』

『驚いた。あなたは何も知らないのね。結婚した男女は子作りをするの。それはつまり……』

義母から聞いて、アメリアは真っ青になる。

まさか、男性のあれを女性のあそこに入れて、そんなことをするなんて思ってもいなかった。

彫刻刀なんて目じゃないくらい痛いらしい。

――彫刻刀で深く突いて、今でも痕《あと》が消えないぐらいなのに……あれより!?

アメリアは自身の左手の人差し指の付け根にある傷跡に目を落とした。

そういえば、公爵の前でこんな宣言をしてしまったような気がする。

『健康な子を産むために精進したいと思います』

ということは、毎日、巨大彫刻刀でめった刺しにされるということである。

――今更、修道院に行きたいと言ったら、怒られるわよね？

『修道院に行きたくなったら、そのことを自分の口から公爵閣下にお伝えするのよ？』

アメリアが言おうか言うまいか躊躇《ちゅうちょ》していたのに、プリシラに先を越された。さすが長い付き合い。お見通しである。

『でも、私が修道院に行くと、クロエがそんな痛い目に遭《あ》ってしまうのですよね？』

するとと、なぜかプリシラが急に、ぶんぶんと頭を横に振った。

『いえ、あの子は痛みに強いから大丈夫よ。私もそう』

『そういえば、出産も痛いのですよね』

『そうよ。あれは本当に死ぬかと思ったわ』

プリシラが真顔になった。これは破瓜《はか》より痛そうだ。女性は毎晩痛いことをされることで、出産の痛みに耐えられるように鍛えられるのかもしれない。

『でも、クロエを、そんな痛い目に遭わせるわけにはいきませんわ……』

自分だけ、痛みのない世界に逃げるなんて卑怯《ひきょう》にもほどがある。

すると、なぜかプリシラが慌て始める。

『い、いいのよ。あの子は絵画とか没頭できる趣味もないから、子でも作らないと、ねえ?』

『とはいえ……』

その後、堂々巡りになったが、結局、折を見てアメリアの口から、結婚をやめて修道院に行くと告げるのが最善策であるということで落ち着いた。

そして今、公爵は上機嫌で、「どんなドレスにするか、いっしょに考えよう」と、彼の亡き母の居室に案内してくれたところだ。

——どうしよう……。修道院に行きたいって言い出すタイミングがなかなかないわ。

「さあ、ここが着替えのための部屋だよ。座って」

アメリアは見事な黄金の装飾で縁取《ふちど》られた大きな鏡の前に座らされる。鏡の中で、彼女の背後に立つ公爵と目が合った。公爵は、これから何か楽しいことが起こるかのように顔をほころばせると、片手を上げて指を鳴らす。

すると、隣室から個性的なファッションに身を包んだ男女が現れ、たちまち周りを囲まれた。

「服飾デザイナー、仕立屋、髪結い師、化粧師に集まってもらった。皆、一線で活躍している人たちだから、大船に乗ったつもりでいなさい。まずは髪型の相談だ。エイベル、こちらへ」

公爵が顔を背後に向けると、ほんのりと化粧を施した男性が前に出た。ヴェストは花柄で、クラヴァットには大きな紫色の宝石が飾られていた。線が細く、物腰も女性的だ。

「公爵閣下、どのような髪型をご所望でいらっしゃいますか?」

そのとき、公爵にふわっと毛束を取られる。アメリアの心臓がどきんと跳ねた。

「髪は全てアップにせず、垂らしたほうがいいと思うんだが、どうかな?」

あまりに意外な提案に、アメリアは思わず口を挟む。

「あ、あの……私、髪の量が多いし巻いているから、垂らしていると広がりすぎると言われ、舞踏会ではいつも結い上げていたんです」

「だが、それだと頭が大きく見えるよ?」

そんなふうに思われていたのかと、アメリアは恥ずかしくなり、下を向く。

髪結い師のエイベルに毛束を取られた。公爵にされたのと同じ行為なのにどきどきしない。

——きっと、エイベルが女性っぽいせいね。

「毛量《もうりょう》が気になるなら、ハサミで梳《す》いて軽くしますか？」

そんな手があるのかと、アメリアが瞳を輝かせたのに、公爵が「それは駄目だ」と即答した。

——えぇ？　どうして？

エイベルがなぜか、にっこりと笑顔でうなずく。

「ふわふわとして可愛らしいから、お気持ちはわかります。では、全てアップにするのではなく、毛量の半分で細い三つ編みをたくさん作って頭頂に纏め、そこにアクセサリーを付けたら、ティアラのようで素敵ではありませんか。三つ編みにすることでボリュームを抑えられますし、垂らす髪の毛量が減ります」

エイベルが髪の毛の一部を頭頂に持ち上げた。素早いのに、きれいにまとまっているのはさすがだ。左右の毛量が減った分、野暮《やぼ》ったい感じがなくなった。

「結婚式のときは、これがいいな。アメリア、どう思う？」

「は、はい。素敵です」

公爵は鏡の中のアメリアに向かってうなずくと、顔をエイベルに向ける。

「では、さしあたって王宮舞踏会はどうする？」

――すごい。毎回、髪型を変えるのね……。

こんな具合で髪型から化粧、そしてドレスに足先まで、どのようにコーディネートするのかが決まっていく。このとき、公爵邸に四泊したのだが、準備や決めるべきことが多く、あっという間に過ぎていった。

その間《かん》、アメリアは義母の教えを守って、できるだけ公爵と二人きりにならないよう気をつけた。どのみち義母の侍女がぴったりと付いてくるので、二人きりになれるわけもない。それもあって、修道院のことを口にできるような機会がないまま、公爵とお別れとなる。

巨大な柱廊四本が聳《そび》え立つエントランスの前には、黄金の装飾が美しい新緑の箱馬車が停《と》めてあった。側面に公爵家の盾と鎧《よろい》の紋章が飾られている。アメリアはこれに乗り、王国軍の騎兵十騎に守られての帰還となる。

馬車の前まで来ると、公爵が名残惜しそうに双眸を細め、アメリアを軽く抱きしめてくるではないか。

――大きい。

アメリアを包み込んでなおあり余る恰幅《かっぷく》のいい体躯《たいく》。すがりつきたい衝動に駆られるが、横から侍女の視線を感じて、慌てて体を離した。

「あ……いろいろとありがとうございました」

公爵はアメリアに逃げられたと訴えるように、肩をすくめて手を左右に広げる。

「今度はもっと打ち解けてくれるとうれしいな」

「は、はい。精進したいと思います」

公爵が一瞬素っ頓狂な顔をしたあと、片方の口の端を上げた。笑いをこらえているように見える。

「頼むよ」

公爵自ら馬車の扉を開けてアメリアの手を取り、馬車の中へと上げてくれた。次に侍女が乗り込むと扉が閉まる。公爵の顔が窓越しになった。公爵の唇は依然、弧を描いているが、その瞳に憂いが浮かんだ。

その刹那、アメリアは急に胸がいっぱいになる。

――この五日間、とても優しくしてくださったから……。

そうだ。ただそれだけだ。それにドレスができあがったら、また呼んでもらえる。それなのに、なぜこんなに心が苦しいのか。

やがて馬車が動き出すとすぐに、公爵の顔が見えなくなった。

それだけ。それだけのことなのに、アメリアは泣き出しそうになっていた。侍女の目があるので、窓のほうを向いて顔を見られないようにする。涙が一粒こぼれたが、なんとかそれだけで済ませることができた。

王都から故郷のクロックフォードまで、公爵に指定された貴族の城館に泊まりながら馬車は進んでいく。三日かけてようやく領地の館に着いたときには、アメリアはもう疲労困憊《ひろうこんぱい》の体だった。

——公爵邸に着いたときは元気だったのに……。

着替えもせず、部屋でベッドに飛び込んだところで、アメリアは義母プリシラに呼び出される。疲れた体を引きずって、なんとか義母の居室の応接室まで出向いた。以前と同じく長椅子に座ってプリシラと向き合う。

「公爵閣下は、あなたにキスをしようとしたそうね？　侍女によると、慣れた様子だったとか。もうしたことがおありなのでしょう？」

——それで呼ばれたのね！

プリシラの目が据《す》わっていて怖い。

「と、とんでもございません。それに私、ちゃんと拒みましたわ」

「では、修道院の件は伝えたのかしら？」

「え……それが、次々といろんな方が現れて、しかも二人きりになっては駄目と言われていたので、そんなことを言い出せるような機会がなく……申し訳ありません」

はあっと、プリシラがこれみよがしに溜息をつく。今日の失望はいつもの失望とは段違いの大きさに感じた。

「アメリア、わかったわ。もう公爵閣下と結婚なさったら」

かなり投げやりな言い方だった。

「は……はい」

「あなたも彫刻刀より痛い目に遭う覚悟ができたようだし、私も観念して、結婚前に知っておかないといけない貴族女性の尊厳について教えてさしあげるわ」

プリシラの眼差しが教師のように凛《りん》となったので、アメリアは姿勢をただす。

「あ、ありがとうございます」

口では感謝の言葉を述べたものの、アメリアは正直、そんな覚悟が、まだできていない。

プリシラの講義の内容はこうだった。
一、夜着は夫に脱がされるまで自分で脱いではならない。
二、子作りは痛いが痛みは我慢しないといけない。
三、ベッドでは人形であることを心掛けるべし。声を出したり、自分から動いたりしてはならない。
恐ろしいことに、この三ヶ条が守れないと、娼婦《しょうふ》扱いされるそうだ。

——やっぱり娼婦の子となると、跡継ぎにしてもらえないのかしら。

そうなると子どもがかわいそうである。

そして一番大事なこととして伝えられたのがこれだ。

「もし万が一、ベッドで気持ちいいと思ったとしたら、おまえは痴女《ちじょ》である。悔い改めて修道院に入るべし」

アメリアは呆気にとられる。

「さすがに気持ちいいだなんて思わないでしょう？」

――こんなに痛そうな行為を好きになるなんて、世の中いろんな方がいらっしゃるものだわ。

「伯爵家の名誉のために、娼婦扱いされるようなことは絶対に避けてちょうだいね」

プリシラの笑顔は張りついたようだった。

「は、はい。もちろんです」

「姉が娼婦だと、妹の縁談にも差しつかえますからね」

義母はいつだって、実子のことばかり考えている。とはいえ最近は傷つくこともなくなった。

「気をつけますわ」

「あとひとつ、あなた、姉としてやるべきことがあるわ」

「はい。なんでしょう？」

アメリアは背筋を伸ばしてプリシラをまっすぐ見つめる。

「クロエの縁談を奪ったのだから、公爵閣下に頼んで、妹二人のために高位の貴族との縁談を持ってくるのよ」

――そういえば！

さっきからプリシラの目が笑っていないわけがわかった。公爵の最初の訪問の目的がクロエだったと誤解したままなのだ。とはいえ、公爵は元々アメリアが目当てだったらしいと、アメリアの口からは言いにくい。そもそも、アメリアが言っても信じてもらえないだろう。

「わかりました。妹たちに良縁を紹介できるよう頑張りますわ」

アメリアは殊勝な面持ちでそう答えた。


三週間ほどしてドレスができあがると、アメリアは再び王都の公爵邸に呼ばれ、女性の仕立屋が見守る中、お針子と侍女によってドレスで着飾られた。今流行《はや》りの肩を見せるデザインで、胸の谷間が見えて恥ずかしい。シェルピンク色をした絹サテンのドレスは、シンプルなのだが、袖に垂れる五段の美しいニードルレースと、ドレスの裾にだけ刺繍された金糸の草花が洗練を感じさせる。

――短期間でこんなに凝ったドレスができるなんて……。

ウェディングドレスは、このドレスよりももっと時間をかけて制作すると聞いた。一体、どんな素晴らしい出来《でき》になるのだろうか。

ドレスアップが終わると、髪結い師のエイベルが入ってきて、左右に毛束を残してあとの髪全てを色とりどりの宝石が付いた七色の紐《ひも》で縛り上げて一本にし、頭頂に丸めた。小さな王冠のようだ。左右に垂れた毛が一束ずつだけになると、くるくる巻いているのも華やかに見える。

そのあと化粧を施されると、鏡の中に、自分とは思えない美しい女が現れた。

アメリアは身を乗り出して、じっと自分を見つめる。

──お化粧の力は偉大ね。

これなら、公爵に恥をかかせずに済みそうで、アメリアは胸を撫でおろした。

着替え用の部屋から応接室に出ると、長椅子に座っていた公爵が呆気にとられたような顔でゆっくりと立ち上がった。引きつけられるようにアメリアのほうに近づいてくる。

「ああ、もうキスを我慢できないよ」

──え？　嘘でしょう？

一瞬、動揺したが、すぐに淑女への社交辞令だと思い直す。

「光栄ですわ」

アメリアは扇を掲げて口元を隠した。

五年前、こんな扇の使い方を見かけたことがある。今初めて実戦で活《い》かされた。

「私の婚約者殿は、なかなか手強《てごわ》い」

公爵が満足そうに微笑み、肘を差し出してきたので、アメリアはそこに手を添えた。王宮へは馬車で一時間もしない。この近さは偶然ではない。軍功で公爵に格上げされる前から、ホルバイン侯爵一族は代々、王家と近しい間柄だったのだ。

晴天なので、お茶会は、王宮の庭で開かれることになっている。

アメリアが王宮に来たのは、社交界デビューの許可をもらうための謁見と、社交界デビューの王宮舞踏会の、たったの二回だけで、庭園に足を踏み入れるのは初めてだ。

大きな池の中央には女神の彫像があり、そこから水が噴き出していた。池は左右対称に植えられた花々と木々に囲まれている。

小さな丘に建った神殿のような東屋《ガゼボ》から、アメリアは理想郷を思わせる庭園を眺めていた。しかも隣にいるのは黄金の髪をした美神のような男だ。

「古代の神々の世界に迷い込んだようですわ」

──ああ、ここに絵筆があれば……！

隣に立つ公爵に手を取られたので、アメリアが見上げると、彼がじっと見つめ返してくる。公爵は上背があるので、こうすると黄金の睫毛が彼の目元に影を落とす。

──この影、描きたいわ。

「なんといってもここに女神がいるからな」

いくら社交辞令とはいえ、こんな台詞をよく真顔で言えるものである。

アメリアは思わず口元をゆるめてしまう。

「今、笑ってなかった？」

「え、いえ……そん……」

「おや、これはお邪魔だったかな」

そのとき背後から、低く威厳のある声がして、アメリアは振り返る。

「国王陛下、王妃陛下！」

アメリアは慌てて、腰を落とす挨拶をした。

「ああ、アメリア、堅くならなくていい」

国王に名前を覚えてもらっているなんて驚きである。アメリアは顔を上げて、目をぱちくりとさせた。隣の王妃は四十代後半だが、円熟した色気を醸し出している。

「おいおい、ランドルフ、見せつけてくれるじゃないか」

そこに、公爵と同い年である王太子が王太子妃を連れてやって来た。

アメリアは再び腰を落としてお辞儀をする。

「王太子殿下、妃殿下、このたびはお招きくださり、ありがとうございました」

さっき驚きと緊張で口にできなかった挨拶を、アメリアはやっと述べることができた。

「せっかくいいところだったのに、両陛下と両殿下に邪魔されてしまいましたよ」

公爵が肩を竦《すく》めると、どっと笑いが起きた。

──すごいわ。軽口を叩《たた》ける仲なのね。

こんな雲の上の人たちの中にアメリアが交じっているなんて、何かの間違いとしか思えない。

──私、もう死んでいるんだわ。

アメリアはそう思うことにした。死んだ気になったほうが平常心で対応できそうである。

というのも国王も王太子も「ウィンスレット公、こんな美人、どこに隠していたんだ?」「ランドルフが早く結婚したがるわけだ」などと、アメリアを称賛するような言葉を畳みかけてくるからだ。

——壁の花どころか、見向きもされない雑草だったのに。

だが、死んでいると思えば、こんな都合のいい展開も受け入れられる。

アメリアは扇で口元を隠し、にっこりと目を細めた。

すると国王と王太子が目を見開いた。二人ともよく似たはしばみ色の瞳だ。

——何か変なことしちゃったかしら?

アメリアが不安になっているところへ、王妃が話しかけてくれた。

「アメリア、あなたはお母様によく似ているわ。ルシンダが存命だったら、この度のご結婚、さぞやお喜びでしたでしょうに」

「え……母……に?」

実家で、母親の話題が出ることがなかったので、アメリアは感激してしまう。

「わ、私……三歳のときに母を亡くしたので、記憶がおぼろげにしかありませんの」

「あら、それでしたら、鏡をご覧になったらよろしくてよ。アメリアはルシンダの美貌を受け継いでいるわ。当時、社交界中の殿方がルシンダを狙っていたものよ?」

「まあ、私の母を? でも、それなら、私、似ていませんわ」

アメリアは苦笑する。

「ルシンダよりずっとすごいわ。社交界一人気の殿方を捕まえたのだから」

王妃が公爵を横目で見た。

「王妃陛下、婚約者の前で私を高く評価してくださって、助かります」

公爵が冗談めかして応じると、王太子が真面目な顔でこんなことを言ってくる。

「ランドルフは一生独身だと思っていたから、アメリアが婚約してくれてよかったよ」

意外な発言だった。アメリアならまだしも、公爵と結婚したい女性は山ほどいるはずだ。

「一生独身？　なぜですの？」

「君と出会ってやっと幸せになってもいいと思えるようになったんじゃないかな？」

――なってもいい？

アメリアが不思議に思い、公爵を見上げると、彼はにこりともしていなかった。むしろ、強《こわ》張《ば》ったような――アメリアが初めて見た表情だった。

「立ち話もなんだ。お茶にしようじゃないか。ただし、私は二杯目からはワインにするぞ」

国王が茶目《ちゃめ》っけたっぷりにそう告げると、王妃と王太子妃が上品に微笑んだ。

王太子が公爵に悪戯っぽい視線を送る。

「父上だけずるいですよ。我々も二杯目からはワインだよな？」

「ぜひ、そう行きたいものですね」

公爵が一転して笑顔になった。

「まあ、皆、座るがいい」

お茶会のために、特別に東屋《ガゼボ》に持ち込まれたテーブルに国王が着席したので、皆がそれに続く。アメリアも公爵に手を引かれて、彼の隣に座った。

ワインを口にしながらの歓談は笑いが絶えない。

「婚約者にぞっこんのランドルフを見られる日がくるとはな！」

酔いが回ったのか、王太子が左右の手を上げて大仰に言うと、公爵は否定するどころか、アメリアの肩に手を回した。

「そうです。齢《よわい》三十二にしてやっと見つけました」

アメリアはもう微笑を作っていられなくなっていた。

――死者の夢にしても、内容が厚かましすぎよ！

このときの四日間の王都滞在も、あっという間に過ぎていった。

やがて、公爵がアメリアに『社交界に再デビューしてもらう』と言っていた十二月がやって来る。十二月に議会が始まるので、エッガーランド中の貴族議員が王都に集まり、当主の妻や子女が同行することで、王都が社交の場となるのだ。

それはハートリー伯爵家も例外ではない。

アメリアは両親と妹のクロエとともに、王都の住居へと移った。

大抵の貴族にとって王都はあくまで仮住まいで、公爵家のように宮殿のような構えの大邸宅を持つ家は片手で数えられるくらいしかない。ハートリー伯爵家の住居など、貧乏貴族四世帯が入る集合住宅だ。

議会が終わる夏までの間、王都の住居を拠点に、貴族の独身子女たちは舞踏会に参加して、結婚相手を探すことになる。

だが、今回のアメリアの目的は以前とは違う。アメリアは舞踏会の中でも最も格式が高く規模の大きい王宮舞踏会で、元帥公爵との婚約を公にするのだ。

王宮舞踏会の前日になると、公爵家から黄金の装飾が美しい深緑色の豪華な馬車を寄こされた。義母と妹の冷めた視線の中、アメリアはその馬車に乗り込んで公爵邸へと移る。

当日になると、着替え用の部屋に、仕立屋、髪結い師、化粧師が勢ぞろいで、アメリアを美しく飾り立ててくれた。

公爵の希望により、髪を結い上げる紐状《ひもじょう》のアクセサリーもドレスもブルーで統一されている。仕立屋の女性によると、『そろそろ貴族の方々が白のモスリンやガーゼのドレスに飽きるころ』とのことで、最先端のドレスだと言う。その中にポイントとして白を入れたいと絹の扇を持たされた。青いドレスを纏った貴婦人が描かれている白い扇だ。

アメリアとしては、白いドレスが流行している中で青い絹のドレスを着用していると、人目を引きそうで億劫《おっくう》だった。

――前は流行遅れだった私が今度は最先端すぎて目立つなんて……。

アメリアが戸惑いながら隣室に出ると、公爵が感激したような面持ちで近づいてくる。

「私はサファイアの中でも、青の中の青と言われる矢車菊《コーンフラワー》ブルーが最も好きな色なんだ」

そう言って公爵がパフスリーブの上からアメリアの二の腕を掴んで見つめてきた。アメリアはたじろぎつつも、心の中に喜びの泉が湧き上がってくるのを感じる。

ドレスだけでなく、アメリアの瞳の色も矢車菊《コーンフラワー》ブルーなのだ。

「あ、ありがとうございます」

照れくさくてアメリアがうつむくと、公爵に顎を取られて上向かされる。

「私の矢車菊《コーンフラワー》を本当は誰にも見せたくないけれど、今日は胸を張って前を向いて歩くんだよ？」

公爵が、明るい部屋でいつもよりも透明度を増した緑眼を向けてこんなことを言ってくるものだから、アメリアはうっかり笑いそうになって、すんでのところでこらえる。

――こんなおかしなことを真顔で言えるなんて、すごいわ！

「は……はい。おどおどしないように頑張ります」

公爵が小さく笑ってアメリアと手を繋ぎ、回廊のほうへと誘う。今日は長手袋《ロンググローブ》をしているので、肌が直に触れたわけではないが、骨ばった長い指の感触は変わらない。

――手だけなのに、全身を包まれたようだわ。

この手もいつかじっくり観察して、上手《うま》く描けたらどんなに素敵か。

——それにしても今日は軍服なのね……。

アメリアは横目で彼の軍服を見やる。五年前、社交の場で公爵を見かけたときこそ軍服を着用していたが、ここのところ、いつもフロックコートだったので意外だった。

肩章《けんしょう》には元帥杖《げんすいじょう》が描かれている。

——芸術を愛する方が元帥閣下だなんて、変な感じだわ。

アメリアの気持ちを察したのか、公爵がこんなことを言ってくる。

「あまり軍服を着たくないのだが、私は元帥でもあるので公《おおやけ》の場では仕方ないんだよ」

——仕方ない？

「なぜお召しになりたくないんですの？　せっかくお似合いですのに」

公爵が遠い目になった。彼はときどき、こういう焦点の合っていない、ここではないどこかを見つめるような眼差しになる。

「……戦争のことは忘れたいんだ」

救国の英雄とは思えない発言だが、戦場に出た者しか知らない苦しみを負《お》っているのだろう。

アメリアの心がキリリと痛んだ。

「……今更ですが、我が国をお守りくださり、ありがとうございました」

公爵が感謝に応えるためだけのような儀礼的な笑みを浮かべたが、その瞳は悲しげに見えた。

だが、王宮に向かう馬車の中、隣合わせで座ると、公爵は一転してその双眸を甘く細め、アメリアの肩に手を伸ばしてくる。義母の侍女が昨日でお役御免となったものだから、二人きりになるとすぐにこうしてくっついてくるのだ。

アメリアは自《おの》ずと彼の胸に頬を預けることになり、どうしていいのかわからず固まってしまう。そのとき初めてアメリアは彼の匂いを意識した。秋の森林のように落ち着いているのに、春の花のように蠱惑的《こわくてき》な、そんな匂いに鼻翼をくすぐられる。

それはとらえどころのない、公爵そのもののように感じられた。

とはいえ、大きな体に包まれて彼の力強い鼓動を耳にしていくうちに安心感が広がっていく。いつしか二人の間から会話が消えていたが、それが自然に思えた。

だが、さすがに王宮に着くと、アメリアの中で一気に緊張が高まる。公爵と並んで舞踏広間へと続くやたらと幅の広い回廊を歩いていると、当時の不安な気持ちが蘇《よみがえ》ってきた。

あきらかにエスコートに乗り気ではない従兄に連れられ、華やかな紳士淑女の中で心細い思いをしていた、あのころ――。

「アメリア?」

アメリアの手を握る公爵の手に力がこもった。

「は、はい?」

アメリアが隣の公爵を見上げると、「どうした? 緊張しているのか?」と心配げに、顔を傾けてくる。

「え、ええ。久々なものですから……」

そう答えているうちに、アメリアの強張った心と体が弛緩《しかん》していく。

──あのときと全く違うわ。

今、公爵ががっしりと手を握って、アメリアに温かな瞳を向けてくれている。

心の中を占めていた曇天のような不安な気持ちが霧散し、雲の切れ間から太陽が顔を覗《のぞ》かせ、
アメリアはようやく公爵に微笑を返すことができた。

公爵に手を引かれ、アメリアが舞踏広間に足を踏み入れると、貴族たちの視線が一斉に二人
に注がれた。五年前に見かけた貴族たちも多い。

──今、どんなに着飾っても、あのころの私を記憶から消すことはできない……。

アメリアは急に喉の渇きを覚える。

「アメリア、どうした？　震えているよ」

驚いてアメリアが顔を上げると、公爵の気づかわしげな眼差しがあった。言われて初めて気
づいた。手と唇が震えている。広間は暖房で暖かいのに変な現象だ。

「あ、あの……私……」

アメリアは、どうしたらこの震えが止まるのかわからず、二の句が継げなくなる。

すると、ぐいっと、公爵に腰を抱き寄せられた。

——え？

公爵の瞳は慈愛に満ちていた。

「アメリア、ここに君の敵はいないよ？　でも、もし、いたとしたら私が処分してやる」

「しょ、処分？」

優しい顔から恐ろしい言葉が出て、アメリアが目を泳がすと、公爵が悪戯っぽく微笑み、黄金のグリップに手をかけた。

「これは儀礼剣だが本物だ。さあ、誰をやっつけてほしい？」

「え？　ええ？　閣下、おやめください。そんな方はいらっしゃいませんわ」

彼の腕を掴んで、アメリアはやっと気づいた。そうだ。ここには敵などいない。

「万が一、敵が現れたら、騎士ランドルフが全力でアメリアを守る。それだけは覚えておいてくれ。いいね？」

話し終わったときには彼の口元から笑みが消え、真摯な表情になっていたので、アメリアはうなずくしかない。

「は、はい。ありがとうございます」

——公爵閣下が騎士だなんて……恐れ多い……でも、本当に優しいお方……。

やっとわかったのかと言わんばかりに公爵が満面の笑みを浮かべ、肘を差し出してきた。アメリアは彼の腕にすがるように手を乗せた。

──いつの間にか震えが止まっているわ。

アメリアは、ここに来る前に、胸を張って前を向いて歩くよう言われたことを思い出して顔を上げた。それでやっと気づいた。貴族たちが目を丸くしてアメリアと公爵を凝視している。中には頬を赤らめている者もいた。

──も、もしや、いちゃついているように見えたのでは……。

愕然《がくぜん》として公爵を見上げると、にやりと企んだような笑みで返される。

「美しいアメリア。これでもう誰も君に手を出そうとしないな」

──もともと誰も手を出さないわ！

公爵の斜め上を行く発想にアメリアが唖然《あぜん》としていると、万雷《ばんらい》の拍手が湧き起こった。貴族たちの視線が一斉に奥のほうへと移る。国王一家の登場だ。

ひと月前に東屋《ガゼボ》でお茶をした王妃や王太子妃のきらびやかな衣装が、人々の頭と頭の間から垣間見えた。五年前は別世界の人たちだと思っていたが、歓談したときの笑顔などを思い出すと、やっと知り合いが現れたような親近感さえ覚えてしまう。

国王夫妻と王太子夫妻が広間の中央までくると、音楽が流れ出す。ダンスの時間の始まりだ。

「アメリア、踊ろう」

公爵が中央へとアメリアを引っ張り出した。

「は、はい」

昨晩、公爵と何度も練習したが、彼のリードは巧みで、アメリアは自分がまるでダンスが得意であるかのような錯覚に陥ったほどだ。

「今日は私たちだけではないから、空いているスペースに移動しながらのダンスになる。でも、付いてきてくれるだけで大丈夫だから」

公爵が腰に手を回して、もう片方の手でアメリアの手を取った。

アメリアが見上げると、彼の黄金の髪、そしてアメリアを見つめるために下向きになった睫毛が、頭上のシャンデリアに照らされて穏やかに輝いている。エメラルドグリーンの瞳は昼間よりも落ち着いた色なのに、なぜか色っぽく見えるから不思議だ。

広間の隅から眺めているときは知る由もなかったが、公爵と踊っている淑女はこんな光景を目にしていたのか。

彼の金髪がふわりと動いた。公爵が右足でステップを踏んだのだ。それと同時にアメリアは左足を引く。

「我々の息はぴったりだと思わないか?」

――誰とでも息が合っていたように見えたけど……?

「そ、そうですか……昨日、練習させていただいたおかげですね」

「つれないな」

――え？　感謝したのに、どこが?

「こういうのは相性だ」

公爵は、アメリアが心のうちを言語化しなくても、先回りして答えてくれる。こんなに高い地位に就いているのに、人の心が読める人だ。

「それは……よかったです」

「うん、よかった。君がいてくれて」

公爵が少年のような屈託のない笑みを浮かべるではないか！

――死ぬ……。

いや、息の根を止められる前にこの神々しい美しさを画布に留《とど》めたい。留めずに死ねない。

――ちょっと待って。これは死者の夢だったはずよ。

アメリアは死んでいたことを忘れていた。

――もう死んでいるから、死なないんだったわ。

アメリアは自分にそう言い聞かせて落ち着きを取り戻した。

ちょうどそのとき、曲が終わった。

「アメリア、喉が渇いたんじゃないか？　飲み物でももらおうか」

「は、はい」

踊ったからというよりも、緊張したり、安心したりと気分の移り変わりが激しすぎて喉がかららからである。

ダンスの輪から離れて、アメリアがオレンジジュースを口にしていると、軍服姿の公爵に吸い寄せられるように士官が一人また一人と近づいてくる。

それに気づいた公爵がアメリアと自分のグラスを、給仕が持つ銀製プレートの上に置いた。

集まってきた士官たちには、もれなく華やかな衣装を身に纏った夫人が寄り添っていた。今まで公爵に夫人がいなかったのは相当奇妙なことだっただろう。

「元帥閣下、おめでとうございます」

皆が口々にお祝いの言葉を告げてくる。彼らにとって閣下は公爵である前に元帥だった。会話が仕事の話になってくると、自ずと男性同士の距離が近くなる。

「殿方は戦争の話がお好きですわね」

夫人たちの中心人物と思われる三十代の女性が呆《あき》れたように言ったのがきっかけとなり、夫人たちだけの輪ができた。彼女は、ヘーゼルダイン伯爵夫人といって、夫である伯爵は大将の位にあるそうだ。恐らく、この中で夫の地位が最も高いのだろう。

アメリアは夫人たちの視線を感じ、公爵に背を向ける。公爵と手が離れそうになったが、後ろ手で指先だけ握られた。

──こうやって守ってくださるのね……。

アメリアは心強く感じて前を向いた。

夫人たちは皆、アメリアに興味津々の様子で、何かもの言いたげだった。アメリアと同い年くらいの夫人が口火を切る。

「私、レミントン子爵夫人のカリスタと申します。以後お見知りおきを。アメリア様は本当にお美しくていらっしゃって、ウィンスレット公爵閣下を射止めたのも納得ですわ」

夫が高位の貴族ともなると、夫人は美しいことになるらしい。

「いいえ、とんでもございませんわ。カリスタ様こそ、お美しくて羨ましい限りですわ」

実際、カリスタは、大きな緑眼が印象的なプラチナブロンドの美女だった。

「まあ、ご謙遜を。公爵閣下と結婚したくて縁談を断っていたご令嬢たち、誰とは申しませんけれど、皆様、良家のとてもお美しい方たちばかりでしたのよ」

カリスタの話題に反応して、ヘーゼルダイン伯爵夫人が身を乗り出してきた。

「本日、アメリア様のお美しさと、公爵閣下との仲睦《むつ》まじいご様子をご覧になって、これなら敵わないと、彼女たちも納得されるのではないかと思っておりますの」

「きっとこれから、美女たちの婚約ラッシュですわよ！」と、陽気な印象の三十代の夫人が盛り上げると、「まあ！」「本当に！」などと感嘆の声が上がった。

皆が一様に瞳を弧にして扇を掲げているのは、その下で笑っているからのようだ。

アメリアもそれに合わせて扇で顔半分を隠した。笑うというより恥ずかしくて顔を隠したい気持ちのほうが大きい。

公爵はやはり女性からの人気が相当高かったようだ。特に公爵家と釣り合いのとれるような家柄で美を誇る淑女は、彼との結婚の可能性を捨てきれず、独身のまま待っていたのだろう。

いよいよ、なぜアメリアが、というよりもハートリー伯爵家の娘が選ばれたのかが不可解に思えてくる。父親が議会で活躍しているわけでもなく、歴史は古いが、アメリアが十代前半だったときに当主が事業に失敗して家計は火の車である。

アメリアではなく、クロエだったとしても選ばれるのには無理があったのではないか。

そのとき、公爵に肘をぐいっと掴まれる。公爵が、夫人たちの輪の中に入ってきた。

「ご夫人方、私が花嫁に逃げられないように、変なことを吹き込まないでいただきたいな」

彼の顔が明るかったので、ヘーゼルダイン伯爵夫人が応酬する。

「とんでもございませんわ。未来の旦那様がいかに素晴らしいかについてお伝えしていたのですよ」

公爵が怖いと言わんばかりに冗談ぽく肩を竦めた。

「それは、感謝申し上げますよ」

アメリアは、こんな機知に富んだ会話が到底できそうにない。多分、真に受けて、言い訳するのがせいぜいだろう。

――本当に私なんかで大丈夫なのかしら。

「では、私が妻に代わって、公爵閣下の素晴らしいところを、婚約者殿にお伝えしましょう」

恰幅のいい男がヘーゼルダイン伯爵夫人の隣に割って入ったので、彼が夫である大将なのだろう。

「よしてくれよ」

公爵は本気でやめてほしそうに見えたが、ヘーゼルダイン伯爵は「いやいや、これだけは」と続ける。

「閣下が他国の元帥と決定的に違うところは、一人一人の兵士の軍備にまで心を配るということです。我が軍は士官だけでなく、兵卒まで足にフィットした丈夫な軍靴《ぐんか》を履いているんですよ」

「まあ」

公爵のような高位の貴族が末端の兵士が履く靴にまで思いいたるなんて驚きだ。

「それより、あの陽動作戦はすごかったですよ」

興奮した面持ちでほかの軍人が夫人たちの間に割り入る。

「後方から援軍が来るというときに『ラッパが鳴り終わるまで後ろ歩きで後退せよ』と言われて後退したら、援軍が来ないと勘違いした敵が向かってきたところで一気に反撃に出ましたからね」

夫人たちの間から感嘆の声が漏れる。

が、公爵は困ったように、アメリアのほうに視線を下げただけだった。この表情からは、戦場を馬で駆け巡っている姿が全く思い浮かばない。

そして、自分に英雄の妻が務まるのだろうかと、アメリアは慄《おのの》いた。

――いえいえ、私はもう死んでいるのよ。だから怖いものなんてないの！

アメリアが自分にそう言い聞かせていると、妹のクロエが踊っている姿が目に入る。

クロエは二回目の社交シーズンを迎え、いきいきと紳士とのダンスを楽しんでいる。アメリアとは違い社交的な妹。彼女のほうが公爵夫人に向いていたのに――。

そんなアメリアの視線に気づいたのか、ダンスが終わると、クロエが両親を連れてきた。

アメリアの両親が公爵に型通りの挨拶をしている間、クロエが、アメリアの五段になっている袖のレースを指でつまんで、じっと見てくる。

「素敵なドレス……羨ましいですわ。このレース……なんて細かい刺繍……！」

「……それなら、私が死んだら替わってちょうだい」

「えっ？」

「いえ、私、もう死んでいるのよね」

クロエが眉を下げて困惑したように笑っている。家の中でもよくこんな笑われ方をした。アメリアは自分でも変わり者の自覚がある。

「おかしなお姉様。ではお姉様が亡くなったら私を公爵夫人に推薦すると遺言を書いてくださらない？」

クロエが冗談めかしてそう言うと同時に、その口がそのまま、あんぐりと開いた。

「アメリア、国王、王太子ご夫妻に挨拶に行こう」

公爵がアメリアの背後に現れて、その存在感にクロエは圧倒されていたようだ。

「公爵閣下、ハートリー伯爵家のクロエでございます。姉がお世話になっております」

クロエが腰を下げる挨拶をしたのに、公爵は一瞥するだけだった。

「ああ。お邸で一度お会いしたね。じゃ、また」

アメリアは、ぐいっと強く腕を引っ張って連れて行かれる。少し振り向いて「クロエ、またね」と言うことしかできなかった。

「……なんだ、あの、私が死んだらっていうのは……」

初めて聞く不機嫌な声にアメリアが驚いて顔を上げると、公爵が険《けわ》しい顔つきになっていた。

クロエが驚いていたのは、この表情のせいだったのかもしれない。

「変なことを言って、ごめんなさい」

もっといい家柄の淑女がたくさんいるのだから、妹と入れ替わってもなんの意味もない。

それにしても五年前の舞踏会で、祖母のお古を少し手直ししただけのドレスを着たアメリアを、公爵が密かに見初めたなんておかしなこともあるものだ。

「アメリア」

名を呼ばれて、アメリアは視線を彼の瞳に合わせた。

「また、違うことを考えていただろう？　わかっているんだろうな？　私より先に死ぬな」

——え？

一瞬どきりとしたが、よく考えたら、もっともな意見である。アメリアが死んだら子どもがかわいそうだ。母のいない寂しさはアメリアが誰よりも知っていることで、公爵とて、十代で父親を亡くし、先の戦争中に母親が病に倒れ、死に目に会えなかったと聞く。

「そ、そうですよね。後継ぎの方《かた》がかわいそうですものね」

「なにが〝方〟だ。君の子だろう？」

どきんと、アメリアの胸が波打った。

「……結婚の義務をもうひとつ増やす」

「な、なんですか？」

「死ぬな」

真顔でこんなことを言われて、アメリアはあたふたしてしまう。

「あ、は、はい。まだ死んでいませ……いえ、できるだけ死にません。で、でも、もうひとつって？　もともとの義務はなんですの？」

公爵が不服そうに双眸を細める。

「もう忘れたのか？　……私の子を産むことだ」

アメリアは顔が一気に熱くなったのを感じた。

「は、はい。頑張ります」

すると公爵が一転して、今にも笑いそうな顔になった。

——きっと顔が真っ赤なんだわ、私。

アメリアは自身の顔を扇で小さく扇《あお》いだ。公爵がその扇を人差し指で押し下げ、彼女の顔を覗《のぞ》き込んでくる。

「悪いが当面、頑張るのは私のほうだ」

「え？　えーと？」

彼の顔が間近にある上に、その瞳が艶《つや》めいたので、アメリアはどぎまぎしてしまう。

「今にわかるよ」

公爵が含みのある笑みを浮かべた。

そのとき「アメリア、アメリアじゃないか。お久しぶり。公爵閣下と婚約だなんて驚いたよ」と、聞き覚えのある声が耳に飛び込んでくる。

そこにはアメリアが社交界デビューをしたとき、エスコートしてくれた従兄のカーティスがいた。

「あ、カーティス……お久しぶり……です」

「公爵閣下、私はアメリアの従兄の、ガターリッジ伯爵家のカーティスです。このたびはおめでとうございます」

「ありがとう」

公爵は相変わらずそっけない対応で、カーティスはすぐにアメリアのほうに顔を向けた。

「アメリア……びっくりしたよ。最初、わからなかった。きれいになったな?」

垢《あか》ぬけないドレスで王宮舞踏会にデビューした過去を突き付けられたようで、アメリアは恥ずかしさのあまりうつむいてしまう。

すると、公爵にぐいっと腰を引き寄せられた。

「そうだ。アメリアは本来、この社交界一と言ってもいいくらい美しい女性だったんだ。君が気づかなかっただけで」

——嘘……!

どちらかというと、冴《さ》えないアメリアを公爵がその財力をもってして変身させてくれたのだ。

「今になってわかりましたよ」

カーティスが、ちらっと色目を送ってくるものだから、アメリアは、ぞわっと悪寒を感じた。

——こんな人にダンスしてもらってありがたがっていたなんて!

過去の自分が情けなさすぎる。

「では、我々は国王ご夫妻に挨拶に行くところなので」と、公爵が歩を進めると、カーティスが「失礼いたしました」と頭《こうべ》を垂れた。

しばらくしてから、公爵がつぶやくように言った。

「あいつとは……いやほかの男とも、今後は、できるだけ踊らないように」

公爵の妻はてっきり、社交的なほうが望ましいとアメリアは思っていたので意外に思う。

「……踊っただけでは妊娠しませんよね？」

公爵に軽く睨まれる。

「当たり前だ」

「は、はい」

——馬鹿なことを言ってしまったわ。

公爵の考えが読めない。というか、アメリアは、もともと引きこもりの変わり者だから、誰の心が読めるというわけでもない。

「さあ、まずは国王ご夫妻、そのあとに王太子ご夫妻に挨拶だ」

舞踏広間で専用の椅子があるのは国王一家だけだ。その一角だけは、まるで小さな謁見の間のようで、赤いベルベッドでできた円形の階段が三段。その上に黄金の椅子が四脚並んでいる。五年前、アメリアが恐れ多くて近寄ることもできなかった場所だ。

アメリアが公爵に手を引かれて低い階段を上り、黄金の玉座に近づくと、国王夫妻が立ち上がって迎えてくれた。

「おお、ランドルフ、アメリア。今日の主役がやっと来たな」

公爵が左手を胸に当て、右手を広げる丁寧な礼で返すものだから、アメリアも慌てて腰を落とす挨拶をした。

「両陛下、ご挨拶が遅れて失礼いたしました」

「いや。次々と声を掛けられて、なかなかここまでたどり着きそうにないと見ておったのだ」

国王が破顔する。

「皆様に祝っていただけて、ありがたい限りです」

公爵の唇がきれいな弧を描いた。

「あら、お祝いといえば、コンラッドが結婚式に参加したいと言っていたわ」

王妃が、傍《かたわ》らの王太子夫妻のほうにちらっと視線を送ると、王太子コンラッドが近寄ってきて、公爵の背にぽんっと手を置いた。

「もちろん招待してくれるんだろうな?」

「殿下にいらしていただけるなんて光栄ですよ」

——結婚式に王太子ご夫妻が……⁉

公爵に叱られそうだから口には出さないが、やはりアメリアは死んでいるのかもしれない。


「このお部屋をアトリエに?　だって、ここはお母様の居室だったのでしょう?」

ライラック色の壁に、黄金の装飾が施され、天井から垂れるシャンデリアには、見たこともない大粒のクリスタルが無数にぶら下がっている。高級感あふれる広々とした部屋だ。

「もちろんだよ。公爵夫人の居室は全てアメリアのものだ」

公爵は生まれたときから見ているから、このすごさがわかっていないのだろう。

「でも、お母様の思い出の部屋が、絵の具と画布だらけになってしまいますよ？」

「それは頼もしいな」

公爵が口を左右に広げた。

傍らでは、侍従たちがアメリアの作品を運び込んでいる。公爵邸へと移されたアメリアの荷物は、ほとんどが画布と画材だった。

「気に入っている絵を見せてくれないか？」

アメリアはぎくっとした。こっそり公爵を描いたものも数点交じっているからだ。

──そうだわ。

「が、額装しているものでしたら……」

公爵を描いたものは全て描きかけなので額装されていない。これなら見せても大丈夫だ。

侍従が包装を解いて、額装された絵を並べていくと、公爵がその中の一点に目を留めた。

「これをエントランスホールに飾りたいな」

アメリアは何を言い出すのかと、ぎょっとする。

公爵家のエントランスホールには、名だたる画家の絵画が並んでいた。

「名画の中に私の絵があると、見劣りしてしまいますわ。おやめください」

アメリアの願いに耳を貸すことなく、公爵がアメリアの絵を手に取り、じっと眺めている。

それは、アメリアが想像上の母親を描いた肖像画だった。

「私はここ二年近く、絵画の蒐集《しゅうしゅう》に力を入れてきた。それで徐々に、どんな絵が歴史に残るのかがわかってきたつもりだ」

公爵がアメリアに顔を向ける。

「アメリア、君の作品は歴史に残る絵だ」

アメリアは言葉を失ってしまう。

なぜか彼女の中で様々な感情が怒涛《どとう》のようにこみ上げてきて、涙となって瞳からあふれ出た。

「アメリア、どうした?」

公爵が背を屈めて覗き込んでくる。その心配そうな顔を見ていると、余計に涙が止まらなくなり、嗚咽《おえつ》まで始まってしまう。

公爵の手中には、アメリアが何度も会いたいと希《こいねが》った母親の肖像画があった。

──なぜだか、わかったわ。

「わ、私……一人で描いてきたんです。誰からも認められないけれど、自分の好きな人や動物、風景を絵の中に移して、それで幸せでした。でも思い切って教会のチャリティーに出して、売れたとあとで聞いて……それだけで十分だったのに……私の絵をここまで買ってくださる閣下のような方がいらっしゃるなんて……。本当にありがとうございます」

公爵が唖然としている。それもそうだ。彼の妻はこんなにもみじめな女なのだから。だが、アメリアは感謝の気持ちを伝えずにはいられなかった。

公爵が肖像画をそっとテーブルに置き、両腕でアメリアを抱きしめてくる。

「……馬鹿だな。本当のことを言ったまでだよ」

彼の大きな胸は温かく、とてつもない安心感に包まれた。

――私、死んでない。

これは現実だ。少なくともこの温《ぬく》もりだけは――。

「趣味ではなく、本業の画家になることもできるよ？　王立アカデミー会員になれば一流画家として認められる。王太子殿下に推薦を頼めばすぐにやってくれるさ」

「いいえ。いいえ。私は、好きなものしか描けないのです。描けば自分のものになるでしょう？　愛するものは手もとに置いて愛《め》でていたい、ただそれだけです。画家にはなれません」

額装された絵は、亡き母親の面影を追ったものと、白猫と、領地の風景だけだった。

「欲がないな。……もっと、いろんなところに出かけて、好きなものを増やしたらいい」

来《きた》る結婚式当日、アメリアが公爵に手を引かれて大聖堂の身廊《しんろう》に現れると、王太子夫妻をはじめ、参列の貴族たちが一斉に立ち上がって万雷の拍手で迎えてくれた。

結婚式のドレスは流行《はや》りの白のガーゼ生地で、胸のふくらみが強調されるようなデザインだ。アメリアとしては、お気に入りのスカーフでも巻いて胸元を隠したいぐらいだが、彼女の首には三連のパールを大きなサファイアで括《くく》ったネックレスが巻かれていた。

このドレスに着替えて公爵の前に現れたとき、公爵は『女神のようだ』と賞賛してくれた。そのときのうれしそうな顔を思い出し、アメリアは、できるだけ胸を張って堂々と歩くことを心掛ける。

ところがアメリアは、慣れないトレーンの長い裾に足をからませ、よろめいてしまう。だが、公爵が腰をがっしりと掴んでくれて、転ぶことはなかった。

そのとき、近くの招待客から「公爵夫人は本当にお美しくていらっしゃる」という感嘆の声が耳に入ってくる。

――緊張しすぎて空耳まで聞こえてきたわ……。

結婚式を終えると、今度は場所を公爵邸へと移し、晩餐会《ばんさんかい》、そして舞踏会となる。普通は領地の館でやるものだが、王都の邸にも舞踏広間があるため、公爵邸は別格だった。

晩餐会を終え、舞踏広間で公爵が王太子や将校と男同士の話をしているとき、アメリアは義母プリシラから、伯爵家を取り立ててもらうよう頼まれていた。

妹二人の縁談についていては、いずれ公爵に頼むつもりだったが、父親や弟にいいポストを約束してもらうのは厚かましすぎるようで気が引ける。

――私一人、拾っていただけただけでも感謝しないといけないのに……。

「クロエを破談にしておいて、アメリアだけ幸せになっていいと思っているの？」

プリシラは相変わらず誤解しているが、確かに家族で一人だけこんなに恵まれているのも心苦しい。

プリシラが夫のメルヴィンに同意を求める。

「公爵閣下のお力添えがあれば、あなただって議会での活躍の場が与えられるはずよね？」

「あ、ああ」

メルヴィンがためらいがちに答えた。娘に頼むのは彼にとって居心地の悪いことだろうが、基本的に父はいつも義母の言いなりなのである。

「アメリア、ご両親との挨拶は終わったかな？」

公爵の声に、アメリアは助かったとばかりに、「ええ」と答えて公爵の横に付いた。

「王太子ご夫妻がお話ししたいとのことなので、アメリアをお連れしますね」

公爵がハートリー伯爵一家にそう告げると、アメリアの手を引っ張っていく。王太子の名を出せば、家族は付いてこない。アメリアは胸を撫でおろした。

そして王太子がいるところはすぐにわかる。一言でも挨拶をしたいと、周りに人だかりができるからだ。

公爵が現れると、その群れが左右に分かれて道ができた。その先には王太子夫妻がいる。

「ランドルフから聞いたんだけど、アメリアは絵画の才能があるんだって？」

王太子コンラッドにそんな質問をされ、アメリアは、自分がいないところでも公爵が絵を褒めてくれていたのかと心が温かくなる。

「上手いかどうかはわかりませんが、描くのは好きですわ」

すると、王太子妃ヘルガがアメリアの前まで近づいてきた。

「それはご謙遜ね。私、エントランスホールのあなたが描いた肖像画を見たわ。お母様の記憶がないのに、よくもあそこまで描けると感心したものよ。それに、光がとても優しく描かれていて気に入ったわ。今度、私のことを描いてくれないかしら？　母国の両親に贈りたいの」

――王太子妃殿下は外国から嫁がれているから……。

「ま、まあ、そのような大役……私で務まりますかどうか……！」

あまりの大事に、アメリアは指示を仰ぐように公爵に目をやった。

すると、彼がうなずきで返してくる。

「私専用の画家ですから、高くつきますよ？」

何を言い出すのかと、アメリアが慄《おのの》いたところで、皆がどっと笑った。

「まあ、ウィンスレット公ったら。殿下と昔なじみのよしみで、少し負けていただけない？」

ヘルガの応酬に、公爵はにやりと笑った。

「妃殿下直々の頼みなので、アメリアと友人になっていただければ特別に無料にします」

「あら、そんなの、こちらからお願いしたいぐらいだわ」

アメリアはヘルガに手を握られて胸をときめかせてしまう。王女として生まれた彼女は無邪気で、ほかの貴族にはない気高さがあった。

「そんな、妃殿下にモデルになっていただくだけでも恐れ多いのに、ご友人だなんて……」

「さあ、これで商談成立ですね」

公爵が満足そうに口角を上げると、ヘルガがクスクスと扇の下で上品に笑っている。アメリアもつられて笑ってしまい、扇を広げた。

すると横に立つ公爵が屈み、耳元でこう囁《ささや》いてくる。

「アメリア、私は少し外すが、妃殿下と女性同士の会話を楽しんでいてくれ」

まさか、王太子夫妻の前で一人取り残されるとは思ってもいなかったので、アメリアが動揺を隠せずにいると、背をぽんと軽く叩かれた。

「すぐ戻るから」

優しく諭すような口調でそう言われ、アメリアは「は、はい」と慌てて答える。胸に手を当てて深呼吸をし、落ち着きを取り戻した。

公爵が王太子夫妻に少し外すことを告げ、この場から去って行ってしまう。彼が隣にいてくれるだけで、どれだけ心強かったのかをアメリアは思い知らされる。

――頼ってばかりではいけないわ。

アメリアは自身を奮い立たせ、ヘルガにどんな絵が好きなのかについて尋ねることにした。

一方、アメリアの義母プリシラは、クロエが紳士とダンスしているのを眺めていた。夫のメルヴィンがワインを取りに行っているので一人だ。そのとき、ウィンスレット公爵が目の前に現れた。新郎だというのにアメリアを伴《ともな》っていない。

「先ほどは王太子ご夫妻との挨拶があったため、失礼いたしました」

公爵が美しい笑みを浮かべている。妻の義母にも敬意を払うつもりがあるようで、プリシラの心は弾む。公爵の態度を冷たく感じていたのだ。

――私と二人きりになると、そうでもないのね。

プリシラの女性としての自尊心がくすぐられる。

「公爵閣下ったら、アメリアと仲睦まじいご様子でしたのに、お一人でどうなさいましたの?」

「それが……お義母様と二人きりでお話ししたいことがありまして……ずっと機会を窺《うかが》っていたのですよ」

公爵の目が弧を描いたので、プリシラは自《おの》ずと甘ったれた声になった。

「まあ、怖いですわぁ。何かしら?」

「先ほど、アメリアに妹お二人の縁談を頼んでいるのを耳にして、何か誤解をされているのではないかと思いましてね？」

「ご、誤解ですか？」

話が想像と違う方向に進み始めたので、プリシラはいやな予感がしてくる。

「まるで私が最初、クロエ嬢目当てで、伯爵家を訪れたような話しぶりだったものですから」

公爵は笑顔を崩さなかったが、そのときようやくプリシラは気づいた。公爵が静かに怒っていることに——。

「ク、クロエが目当てではなかったのですか？　なら、どうして伯爵邸《うち》に？」

「令嬢としかお伝えしなかったのがよくありませんでした。私の目的は元々アメリアです」

プリシラは驚愕した。

——そんな馬鹿な。

公爵が皮肉っぽい笑みを浮かべる。プリシラが初めて見る表情だった。

「信じられない？　それはそうでしょうね。五年前、アメリアがデビューしたときのドレスは時代遅れのひどいもので髪型も頭が大きく見えるような結い上げ方でした。ぱっと見が強烈すぎて、誰も彼女に近寄らなかった。おかげで私の記憶にも鮮烈に残っている。だが、あなたはそれなりに流行に乗ったドレスを身に着け、髪型も普通でした。先日、伯爵家を訪問したときもそうだ。あれがいじめでなくてなんなのです？」

一気にまくしたてたあとの公爵の瞳は怒りに燃えていた。アメリアの前にいるときと同じ瞳なのに、全く違う。あまりの変貌ぶりにプリシラは絶句してしまった。

「今後アメリアが縁談を頼んできても、私は聞く耳を持たない。お嬢様お二人の結婚先はお嬢様自身の魅力でどうにかしていただくしかありません。アメリアが私を射止めたようにね？」

「そ……そうですか……」

プリシラは恐ろしくて唇が震え出す。

「ただし、アメリアの名誉のために、伯爵家の経済的、政治的な後ろ盾にはなるつもりなので、ご安心いただきたい。先日、最初の援助をさせていただいたことは伯爵からお聞きではありませんか？」

もちろん聞いている。夫のメルヴィンが、持参金がないと公爵に謝ったら逆に大金をいただいたと言っていた。今日のクロエが身に着けているドレスもそのお金で新調したものだ。

「は、はい。聞いております。大変ありがたかったです」

「あと、親戚のよしみで、いいことを教えてさしあげましょう。クロエ嬢の人気がなくなったのは、何度かダンスをした相手が次男だとわかったとたんに冷たくなったからですよ。ちなみにクロエが袖にしたリプセット伯爵家は爵位を複数持っているので、次男も継ぐ爵位があったんですが、残念なことをしましたね」

「リプセット伯爵家が……？　まさか、そんな……」

公爵の口元に嗜虐《しぎゃく》的な笑みが浮かんだ。

「お義母様の入れ知恵だったんでしょう？　クロエにせっかく最新のドレスを着せたのに、惜しいことをしましたね？」

プリシラは、はしばみ色の瞳を瞬《しばたた》かせた。

——この人は誰？

戦場では勇猛だが、普段はそれを感じさせない温厚な公爵だったはずだ。

プリシラが目を見開いたまま固まっていると、グラスふたつを手にしたメルヴィンが現れた。

「公爵閣下！　本日は娘のために、こんな盛大な結婚式をお開きくださり、ありがとうございます」

ほろ酔い気味で上機嫌だ。

——能天気なものね！

プリシラは心の中で悪態をついた。若いころは美形だったメルヴィンだが今は太って見る影もない。

公爵がメルヴィンに人懐っこい笑顔を向けた。いや、そんなのは表面上だけだ。

——この表情は本心とは全く違うわ。

「ご夫人に、今後、私めが伯爵家の後ろ盾になるというお話をさせていただいたのですよ」

「おお！　それは心強い限りです。先日もご援助いただいて……。アメリアには頭が上がりません。な、プリシラ？」

夫に同意を促され、プリシラは「そうですわね」と扇を掲げて目を細めたが、それは唇の震えを隠すためのものだった。公爵の敵意はどうやら、プリシラのみに向けられているようだ。

――閨《ねや》がうまくいかないように、アメリアに余計な講義をしたことがばれたら……。

プリシラは体から血の気が引いていく。

アメリアの縁談を潰すことができなかったので、プリシラは、結婚後を見据え、アメリアが公爵に疎まれるように、男がしらけるようなベッド指導を行った。倫理的には間違った内容ではないので、誹《そし》りは受けないはずだ。

だが、アメリアを修道院送りにして、その後釜《あとがま》にクロエを押し込むなどという芸当はどう転んでも実現しそうにない。

そのとき公爵が、プリシラの斜め後ろに視線を転じた。とたん、彼の眼差しがやわらぐ。

プリシラが彼の視線の先をたどると、そこには照れ臭そうに王太子妃と話すアメリアの笑顔があった。

プリシラは確信した。どういう経緯かわからないが、どうやら公爵は本当に、アメリアに恋をしていると――。

第三章　〝子作り〟という名のもとに

舞踏会が終わり、最後の客を見送ったときにはもう深夜で、アメリアはへたり込みそうになった。公爵に手を取られ、なんとか自室に向かって回廊を歩く。

「今日だけで一生分しゃべりましたわ」

ぷっと公爵が小さく笑った。

「君は社交が苦手と言っていたが、全然そんなことはなかったよ。ただ、社交よりやりたいことがあっただけだろう？」

アメリアは虚を突かれて一瞬ぽかんとしたあと、急に胸がいっぱいになって熱いものが喉元までこみ上げてくる。

――公爵閣下はいつも私の根本を揺さぶってくるわ。

あまり自覚していなかったが、自分の心をずっと突き刺していた尖《とが》った氷が溶けていくようだ。アメリアの瞳に涙が滲《にじ》む。

「公爵閣下……」

アメリアが見上げると、公爵が少し目を見開いた。彼はときどきこういう表情になる。驚いたような戸惑うような、でも、温かく包み込んでくれる、そんな瞳――。

「アメリア……君は今日から公爵夫人だ。閣下ではなく、ランドルフと呼んでくれないか？」

アメリアの腰に片腕が回され、ぐいっと引き寄せられる。

歩が止まり、アメリアは彼の軍服と密着した。たとえ衣服は違えども、彼の匂いは同じだ。

――ダンスのときだって、このくらいの距離だったのに。

こんなに胸が高鳴るのは、ランドルフが愛《いと》おしいものでも見るかのように双眸を細めたせいかもしれない。

「結婚したから、キスしてもいいな？」

「は……はい」

男女のキスを描いた絵画は、大抵、瞼《まぶた》を閉じている。

アメリアは目をぎゅっと瞑《つぶ》った。すると顎が大きな手に覆われて上向かされる。掠めるように何かが触れ、やがて離れた。

――唇……よね？

アメリアがおずおずと目を開けると、彼の閉じた瞼が目前にあった。

――黄金の睫毛……長いわ。

再び唇に唇が触れたので、アメリアは慌てて目を閉じる。

今度は上唇を啄《ついば》むようなくちづけ。次に下唇。そして唇全体を軽く食《は》んでくる。そのたびに背筋にぞくり、ぞくりと今までにない感覚が湧き上がり、アメリアは片手で彼の腕を掴んですがった。

するとと、ランドルフがアメリアの唇全体をべろりと味見したかと思うと、すぐに舌が侵入してくる。しかも歯列を割って入ってきた。自身の舌に生温かいものがぬるりと触れてアメリアは驚き、掌で彼を突っぱねて自身の頭を退《ひ》いた。

「……こ、ここ……回廊……ですわ」

途切れ途切れになってしまったが、アメリアがなんとか発語すると、ランドルフが呆れたように両手を広げた。

「気を利かせて使用人たちは皆、どこかに行ってしまったよ?」

「では、自分の居室に戻ります」

アメリアが再び歩き出すと、公爵に腕を取られる。

「このまま、私の寝室に来たらいいよ」

——閣下の寝室⁉

公爵はあっさりと言ってのけたが、寝室でやることといえばひとつだろう。アメリアがぎょっとして見上げたというのに、ランドルフは涼しげな顔をしている。

ついに子作りに入ろうとしているというのに、男性というのは緊張しないものなのだろうか。

「え、いえ。居室に戻って夜着に着替えてから参りますわ」

──参るの？　本当に私、巨大彫刻刀のもとへ参るの!?

自分で言っておいて、アメリアはそう叫びたいような気持ちになる。

「では公爵夫人の居室まで送ろう。といっても、私の居室と内扉で繋がっているけれどね？」

「は、はい」

回廊を歩いている間、彼の大きな手が腰に回されていて、どうしても意識がそこに集中し、アメリアは気が休まらない。

居室の前で別れたとき、アメリアは正直、助かったと思った。侍女によって大きなドアが閉じられると、後ろに倒れるように背を扉に預けた。しばらく目を瞑《つぶ》って体の熱を冷ます。

「アメリア様？」

いぶかる侍女頭の声がして、アメリアは目を開けた。

応接室へと繋がる前室の扉が開かれていて、向こうにきらびやかな応接室が見える。黄金の装飾が施されたラベンダー色の壁には、黄金の額縁に入った絵画が隙間なく掛かっていて、どれもこれも名作ぞろいである。

──ここが自分の生活するところだなんて……！

「あの……湯あみできるかしら？」

アメリアは疲れた体を扉から引きはがした。

「はい。それはできますが、公爵閣下がお待ちかと……?」

侍女頭に告げられて、アメリアは心臓が爆発するかと思った。

――待っている、私を? そして、私と……子作りしようとしている……!?

それならば、せめて体をきれいにしておきたい。更には心の準備のために時間を稼ぎたい。

「今日は踊って汗をかいたから、どうしても体を洗ってほしいの」

祈るような気持ちでアメリアが頼むと、侍女頭は「わかりました」と頭を下げ、侍女たちに湯あみの用意を命じた。

これで少し時間に猶予ができた。

アメリアは侍女たちにドレスを脱がされながら、義母の講義を諳《そら》んじる。
一、夜着は夫に脱がされるまで自分で脱いではならない。
二、子作りは痛いが痛みは我慢しないといけない。
三、ベッドでは人形であることを心掛けるべし。声を出したり、自分から動いたりしてはならない。
――とにかく、ことは夫に任せて妻は人形たれ、ということよね?

「お湯の準備ができました」

いつの間にか全て脱がされていたので、アメリアは侍女頭に付いて衝立《ついたて》の後ろに回った。そこでは腕まくりをした侍女三人が待ち構えていた。

黄金で縁取られたバスタブに、ほかほかのお湯がたっぷりと張ってある。実家ではこんなにいっぱいの湯を使わせてもらえなかったので、率直にうれしかった。

アメリアが湯船の中に入ると、侍女三人に一斉にスポンジで磨かれた。侍女たちに無駄な動きが一切なく、目が真剣なので、アメリアはいやな予感がしてくる。

――もしかして早く寝室に連れて行くように言われているのではないかしら……。

侍女たちが、あっという間に全身を洗い終わった。

「さあ、早く、夜着にお着替えくださいませ」

――やっぱり、そうだわ！

これ以上の時間稼ぎは難しいと観念してアメリアがバスタブから出ると、今度は三人がかりで体を拭かれた。もう一人の侍女が白いネグリジェを手に待ち構えている。

そのとき「これ以上待てるか」という低い声が耳に入ると同時に扉が開かれた。

――キャー！

またしてもランドルフに裸を見られ、アメリアは慌てて侍女の手からネグリジェを奪い、前身を隠した。

だが今回、ランドルフは「失礼」と言うこともなく、扉の向こうに引っ込むこともなかった。

「皆、下がっていい」

むしろ、周りを引っ込めさせた！

「え、ええ?」

アメリアは侍女たちの後ろ姿を目で追う。いっしょに出て行きたいぐらいだ。

「あ、あの……ネグリジェを着るので、少々お待ちください」

アメリアが前身をネグリジェで隠しながら蟹《かに》のように横歩きで衝立の後ろに隠れようとしたところ、公爵が大股で近寄ってきて腰に手を回し、ぐっと彼のほうに引き寄せた。

ガウン一枚しか着ていない彼の肢体と密着する。がっしりとした体つきがリネン生地越しに感じられた。ただそれだけで、彼女の奥底で何かが蠢《うごめ》き始める。

「どうして着る必要がある?」

「え? 閣下の寝室には行かないのですか?」

いくら居室が繋がっているとはいえ、その間の部屋に使用人がいるので裸を見られてしまう。

公爵が失望したように瞼を半ば閉じた。

「……ランドルフだ」

「あ、すみません。ランドルフ様の寝室に……」と、アメリアが話しかけたところで「様はいらない」という言葉をかぶせられる。

「私の寝室まで戻る余裕などない」

ランドルフがアメリアのネグリジェを奪った。

——きゃあ!

と、叫びそうになり、アメリアは唇を噛んだ。声を出してはいけないのだ。とはいえ、ひとつ確認したいことがある。

「あ、あの……。私、自分で服を脱いだわけではありませんよね？」

「ああ。元々着ていなかったよ？」

「ですよね？」

アメリアは、ほっとした。

そうだ。着ていなかったので、自分で脱いだわけではない。だから今のところ、貴族女性の尊厳は保たれている。

――大丈夫、大丈夫よ。

アメリアが見上げると、彼の長い睫毛は下向きになっていて、視線の先に乳房があった。アメリアは慌てて両腕で胸を隠す。

「あのときからずっと、もう一度見たくてたまらなかったんだ……」

切なげな声が上から降ってきて、アメリアは刮目《かつもく》する。

「や、やっぱり、あのとき、見られていたのですね！」

ランドルフがまるで何も聞こえていないかのように、アメリアの手首を掴んで、ゆっくりと胸から剥《は》がしていく。

「いいところに来たと言ったのはアメリアだよ？」

両方の手首を取られ、乳房が露《あら》わになった。

「そ、それは侍女だと思っていたから……」

狼狽《うろた》えながらアメリアが見上げると、公爵がひたむきな眼差しを向けている。

——ど、どうして裸を真剣に見ているの⁉

「やっぱり」

——やっぱり、がっかり？

「……今までに見たどんな彫像よりも美しい」

——は？

アメリアは両手首を掴まれて諸手《もろて》を挙げるという、なんとも情けない格好になっていた。

「張り出したふたつの乳房は理想的な円形をしていて、その頂にはシクラメンの花色をした小さな蕾《つぼみ》。そして、細い腰から広がる双丘の曲線のなんと美しいことか……」

ランドルフが彫像の評論でもするように、至って真面目な顔で語っている。

——この方、女性の趣味が根本的におかしいんだわ。

「こんな芸術作品を抱いていいものだろうか」

眉根を寄せて、本気で悩んでいる様子だ。

——抱くと言うと聞こえがいいけれど、彫刻刀みたいなので刺すと言っているのよね？

アメリアはここまで来て怖気《おじけ》づいてしまう。

「きょ、今日は眺められたのだから、ご満足でしょう？　お互い疲れたことですし、ゆっくり眠りませんこと？」

「見るだけで満足？　それは無理だ」

――えええ!?

ランドルフがアメリアを抱き上げた。裸なので彼と直に触れ合った部分に全神経が集中する。臀部《でんぶ》を腕で覆われ、肩を抱かれ、アメリアは全身を甘い痺《しび》れに包まれるような感覚に囚《とら》われた。

ランドルフが、顔の位置が同じになるくらいまでアメリアを掲げる。彼は陶酔したように目を細め、今まで見たことのない艶めいた表情をしていた。

ランドルフの顔が傾いたと思ったら、アメリアは口の中に舌を押し込まれる。回廊でのキスに比べるといやに性急だ。

彼の舌は大きく肉厚で、口内を探検するかのように頬の裏から舌の下に回り込み、かき回すように舌を持ち上げ口蓋をくすぐってくる。アメリアは何かに掴まりたくなって、片手を伸ばして彼の首にしがみついた。

ランドルフはキスをやめる気はないらしく、舌を差し入れたまま、顔の角度を変えては舌をからませてくる。

――蕩《とろ》ける……。

やがて唇が離れ、アメリアは「はあ」と吐息を漏らす。久々に息をしたような気がした。

アメリアが呼吸を整えていると、ランドルフが背を屈めて、胸の頂を口に含んでくる。舌で包み込むように舐《ねぶ》られた。

――何、これ……変な感じ……。

怖くなって、アメリアが彼の肩を突っぱねると、ランドルフが胸から口を離した。ほっとしたのも束《つか》の間《ま》、彼の唇がもう片方の胸に着地する。

「や……な、何……どうして……」

どういうわけか下腹がむずむずとしてきて、アメリアは身をよじる。すると尻を抱える彼の逞《たくま》しい腕が、臀部の谷間に食い込んだ。アメリアは彼の腕の中で身を弾ませると同時に、あっと、声を上げそうになって喉奥で食い止めた。

だが、乳暈にかぶりついてちゅうっと強く吸われたかと思うと、今度はその先端を舌で優しく舐《な》められ、緩急をつけて唇で愛撫《あいぶ》されていくうちに、下腹部の淫らな熱が増し、それから逃れようと首を反《そ》らせば、淫猥《いんわい》な気持ちが口からこぼれそうになる。

――いやだわ、いやらしい。

アメリアは、そのときようやく義母が声や動作で感情を表してはいけないと言った意味がわかった。つまり、いやらしい気持ちを隠せと言っているのだ。確かに、このいやらしい感情を音や動作で表現したら……娼婦のように思われても仕方ない。

アメリアは肩に回していないほうの手で自身の口を覆った。

「声、出そうなの？」

アメリアは、その言葉に過剰に反応してしまう。

「そ、そんな！　こ、声なんか出るわけありません！」

なぜかランドルフが不服そうに双眸を細めた。

「いいだろう。どこまでもつかな？」

ランドルフが胸から口を離し、アメリアを抱えたまま歩いて公爵夫人の寝室の扉を開ける。

寝室は、ベッドの両隣にある枝付き燭台《しょくだい》だけにしか火が灯《とも》っておらず、薄暗かった。

アメリアはベッドの端に下ろされる。ベッドの外に垂らした両脚の膝を公爵が掴んで広げた。

脚を広げて座るなんて、ただでさえ不格好なのに、今、アメリアは裸なのである。

——嘘でしょう？

不本意な恰好《かっこう》をさせられたというのに、濡れた秘所が外気に当たっただけで、アメリアは、えも言われぬ陶酔に包まれた。

——濡れた？

太ももの付け根がなぜか濡れていた。

——どうして、こんなところが？

アメリアの動揺をよそに、ランドルフが脚の間にひざまずいた。彼の体が太ももに密着する。

ガウンのリネン生地がさらさらとして気持ちがいいが、それより何より彼の逞しい体つきが布越しに伝わってきて、それが彼女を狂わせる。

アメリアは秘所がひくついたのを感じた。しかも、とろりとそこから何かが垂れる。

——何……これ……。

こんな少しの間に、ランドルフに体を作り変えられたのだろうか。

アメリアが全身を総毛立たせていると、乳首に甘やかな感触が訪れる。視線を下げると、ランドルフが彼女の両脇に手を突いて、乳房のふくらみの頂点を、舌先でそっとつつくように舐め上げていた。

「……んっ」

その微《かす》かな接触は、思いのほか彼女に大きな快楽をもたらし、アメリアはうっかり声を漏らしてしまった。下唇をきゅっと噛み、視線を落とす。

ランドルフと目が合った。上目遣いでアメリアを観察しているようで、満足げに片方の口の端を上げた。

——いやだわ。私を娼婦に堕《お》とす気なのかしら?

ランドルフが、ゆっくりと本当にゆっくりと、もう片方の乳房に舌を近づけ、掠るか掠らないかぐらいに乳首を下から上へとそっと弾《はじ》くように舐め上げる。

なぜこんなに遠慮気味でゆっくりなのかは、よくわからないが、舌によって持ち上げられた乳首が、彼の舌が離れると同時にもとに戻る。その動きに、アメリアは自身の中で未知の欲望がせり上がってくるのを感じた。

「……ぁ」

再び喉奥から声が出そうになり、アメリアは目をぎゅっと閉じて顎を上げた。

「アメリア、怖いのか？」

掠れた声で囁かれ、アメリアは顎を落として公爵と向き合う。甘いけだるさを纏った緑眼から目が離せない。

「は、はい。少し」

「女性は初めてのとき痛むというから、それを聞いたんだろう？」

今は痛みよりもむしろ過ぎたる快楽に恐れをなしていたアメリアだが、そういえば、さっきまでは痛みを怖がっていたことを思い出し、こくりとうなずいた。

「そうか。今日は子作りをしないでおこう」

「え？　いいんですか？」

ランドルフの優しさにアメリアが喜んだところ、彼の目が据わった。

――公爵の考えは読めないわ。

そう思ったあと、アメリアは、元々自分は人の感情を読むのが苦手だから、と自省する。

「子作りしないことがそんなにうれしいのか……。では、子作りを楽しみにできるよう、今日は徹底的に気持ちよくしてやろうじゃないか」

──気持ちよく？

この言葉には聞き覚えがある。子作りを気持ちよく感じたら、痴女だと、義母プリシラが言っていた。だが、それは子作りにおいての話だ。

「今日は、子作りはしないのですよね？」

アメリアは念のため確認した。

「ああ。そうだ」

アメリアは安堵の息を吐いた。子作りではないのなら、気持ちよくなっても大丈夫だ。

そのときランドルフが、やさぐれた感じに見えたが、ただ単に耽美《たんび》的なだけだと思い直す。

「アメリア」

ランドルフが甘い声で名前を呼び、床に片膝を立ててちゅっと軽いキスをしてくる。アメリアには、それが試合開始の合図のように感じられた。

彼は唇で耳朶《じだ》をしゃぶると、舌を、耳元から首筋、そして更に下へと這《は》わせていく。鎖骨を超えて胸元にたどり着くと、そこをちゅうっときつく吸った。

その行為に、アメリアは刻印をするような儀式めいたものを感じる。

が、そんな思考はすぐに奪われた。舌が乳房を這《は》い上がってきたからだ。

──ぞわぞわする……。

やがて彼の舌が、つんと立ち上がった乳首をとらえた。

「あ……」

アメリアは声が出かけて、大慌てで口を結ぶ。気持ちいいことが始まるということは、声の我慢が始まるということなのかもしれない。

ランドルフが乳頭を咥《くわ》えて口内で舌をからめながら、腹にそっと手を置いた。その手は下へと滑り落ち、谷底に沈んでいく。

——えっ？

アメリアは驚きのあまり、危うく声を出しそうになってしまった。そこは濡れに濡れており、ランドルフはそれを楽しむかのように手で太ももをぬるぬると撫でていた。

——駄目……おかしくなっちゃう。

アメリアがシーツをぎゅっと掴んだそのとき、彼女の中に指がちゅぷんと入り込んだ。

——あぁっ！

アメリアは体全体を跳ねさせた。

「すごい。あふれてくるよ？」

「ど、どうして？」

——お小水《しょうすい》……じゃないわよね？

「きっと、神様が、入りやすくなるように考えてくれたのさ」

「か、神様、さ、さすが……あ……で……すね」

どうやら、どの女性にも起こることらしい。

ランドルフが唇をもう片方の胸へと移し、乳頭を咥えて乳房全体を引っ張る。これがすさまじい快感をもたらす上に、彼の長く骨ばった指が、さっきから水音を立てて彼女のぬかるみを掻《か》き回しており、その音と蜜壁をこすられる感触に、アメリアは脚をがくがくと震わせる。開けっ放しの口から滴りが零《こぼ》れ落ちる。

——ああ、もう駄目！

アメリアは後ろに倒れそうになり、彼の腕で抱きとめられた。荒い息が止まらない。

「そんなに感じてもらえてうれしいよ」

ランドルフは蜜源に中指を沈めたまま、アメリアをそっと仰向《あおむ》けに寝かせた。

アメリアは膝を立てて寝転がる体勢になり、秘所が丸見えだ。だが、体の皮膚という皮膚を粟立《あわだ》たせ、細切れに息を吐くアメリアに、そんなことを気にする余裕などあるわけがない。

ランドルフは依然、ベッドの外に立ったままだ。

「んっ」

ずくんと甘痒い痛みを乳頭に感じ、アメリアは喉奥で啼《な》いてしまう。ランドルフが前傾して、そのすらりと長い指の間に乳首を挟んだのだ。

指間に乳首を咥えたまま、ランドルフが乳房全体を捏《こ》ねるようにゆっくりと揉《も》み始める。こうされると、乳首に甘い痺れが途切れなく生まれていく。

しかも、もう片方の手は、さっきから中指を挿《い》れたままで、秘孔をくちゅくちゅと掻き回すのをやめないものだから、アメリアは目を陶然と細め、内ももを震わせることしかできない。

「今のうちに慣らしておこうか」

アメリアはもう答えることすらできなかった。

「あっ」

ランドルフの指がもう一本増え、アメリアは自分の中が彼でいっぱいになったような感覚に身悶《みもだ》えた。しかも、その二本の指に隘路《あいろ》を押し広げられていく。

「痛む?」

痛むどころか、アメリアはなぜか自分の中がひくひくとして彼の指を締めつけている感触に酔いしれていた。

「ふぁ……あ……」

アメリアは、一オクターブ高い音が自身の口から飛び出して、慌てて口を噤む。

「ああ、アメリア……君の中は温かくて……今すぐにでも入り込みたいよ」

彼が手を胸から離して腹部に置き、そこに円を描くように、ゆっくりと撫《な》で回してきた。

「君の肌は、どこもかしこも……吸いつくようにすべすべだ」

ランドルフがさする下腹の奥では、彼の長い指が蠢いている。お腹《なか》なんてなんともない場所だったのに、腹の奥深くで生まれた爛熟《らんじゅく》した熱にじわじわと焼かれていくようだ。

「あぁん……あふ……」

「ああ、可愛い声だね」

ランドルフが手を下にずらしていき、やがて下生えの中から芽のようなものを探し出し、優しく撫でてきた。

その瞬間、アメリアは弾かれるように大きく腰を反らせる。目に涙まで滲んできた。暖炉があるとはいえ、冬なのに汗までかいて、わけがわからない。

「いい反応だな」

ランドルフの声はもう彼女の耳には届かない。秘孔と蜜芽を同時に愛撫され、腹の奥で封印されていた快楽の源が解き放たれた。

「あ……ふ……あぁ……あっ……ふぁ……あん……」

アメリアはびくびくと体を痙攣《けいれん》させて首を伸ばす。朦朧《もうろう》と閉じかかった瞼の隙間からランドルフの顔が目に入る。彼女を慈しむような瞳がそこにあった。

その瞬間、視界が真っ白になる。

——な、どこ……ここ？

ふわふわとして、とてつもなく気持ちいい繭の中にいるようだ。

しばらくしてアメリアが意識を取り戻すと、上掛けの中でランドルフが抱きしめてくれていた。

――温かい。

体よりもむしろ心が温かい。誰かに守られているという感覚が、こんなに幸せなことだなんて、アメリアは知らなかった。今までにない安心感の中で、アメリアは眠りに落ちる。

目を覚ましたときにはもう寝室は明るくなっていて、ランドルフの顔が目の前に現れたものだから、アメリアはびっくりして跳び起きた。アメリアは彼と向き合って、斜め座りになる。

朝の優しい日差しの中で、ラピスラズリ色のガウンを羽織《はお》っただけのランドルフが片膝を立てて金髪をかき上げている。

――まぶしい……！

今、描けることなら描きたい神々しさだ。

「おはよう」と、ランドルフが目を細めた。

「あ、おはよう……ございます」

アメリアは自身の体に目を落とす。いつの間にかネグリジェを身に着けていた。彼が着せてくれたようだ。鎖骨の下に赤い痕がある。

――なあに、これ。

昨晩、侍女に口紅を塗られたので、それが取れたのだろうかと、アメリアは手で、その痕をこするが落ちない。

「色が白いから痕が付きやすいんだね」

彼が眉ひとつ動かさずにそんなことを言ってくる。

——痕？

「もしかして……」

そういえば、ここにくちづけられた。

——まさか、キ、キスマーク⁉

アメリアは今更ながら、襟元をくしゃりと掴んで持ち上げ、その痕を隠す。

——待って。

アメリアは昨夜の記憶を手繰り寄せる。信じられないことばかりが起きた。だが、痛いことはまだだ。そして、自分から服を脱がなかったし、声だって我慢し——。

——いえ、私、途中から声を上げているわ！

さーっと血の気が引いていく。

「アメリア……」

ランドルフの声がとてつもなく甘い。腰を引き寄せられた。

——これから娼婦扱いされるのかしら。

アメリアが見上げると、ランドルフの瞳が劣情を帯びている。

——私がいやらしい女だと思って、こんな目で見るの？

アメリアは慌てて、彼の胸板に手を突いて距離を置いた。

「わ、私、寝坊してしまって……もうお食事の時間ですわよね？」

ランドルフが困ったように眉を下げた。

「昨夜は遅くなってしまったし、疲れているだろうから、ゆっくりしたら？」

「たっぷり眠りましたので、もう大丈夫です」

「なら、もっとここで……」と、再び手を伸ばしてきたランドルフに気づかぬふりをして、アメリアは大急ぎでベッドから滑り落ちた。

――あの続きをされたら、声を上げまくって昨晩どころじゃなくなるわ。

アメリアは逃げるように自室に戻り、侍女にドレスを着せてもらった。髪の毛をセットしてもらうために、アメリアが鏡の前に座ると、侍女たちが顔を見合わせた。

アメリアは鏡の中の自分を見て、そのわけがわかった。肩の開いたドレスの胸元に、くちづけの痕が残されていたからだ。

――時間が経っても消えないなんて……！

本物の娼婦にでもなったような気がする。

アメリアはすっくと立ちあがり、チェストの中から、実家から持参した猫柄スカーフを取り出した。首元にくるりと巻くと、キスマークが隠れる。それに、久々に本来の自分に戻れたような気がした。

――そうよ、私は娼婦なんかじゃない。

アメリアが振り返ると、侍女たちが唖然としている。エレガントなドレスに合ってないと思ってのことだろう。だが、これなら娼婦っぽさはない。

アメリアは侍女に連れられて、ダイニングルームに入る。淡いオパールグリーンの壁に白い装飾が施された落ち着いた部屋だ。晩餐会を開いた広間のようなダイニングルームとは違い、こちらは家族のための部屋である。とはいえテーブルは十人掛けで広々としていた。

そのテーブルにはランドルフが先に席に着いている。天井まである窓から入る淡い光に金髪がきらめく。フロックコートを羽織らず、サルビアブルーのヴェストの袷《あわせ》から覗く白いクラヴァットと袖が爽やかだ。

――逆光で神々しいわ……。

脳内の画布に留めようと凝視しながら、アメリアは向かいの席に腰を下ろした。

ランドルフがスカーフに目を止める。

「ご実家でも巻いていたよね？　スカーフが好きなの？」

――やっぱりドレスと合ってない？

「は、はい。スカーフを集めるのが好きでして……特にこの猫の柄はお気に入りです」

ランドルフに、じっとスカーフを見つめられて、アメリアはどぎまぎしてしまう。この下には昨晩彼に付けられた刻印があるのだ。

「もしかして、スカーフで隠しているのか？」

お見通しである。

――私、今いやらしい顔でもしていたのかしら。

アメリアは頬が熱くなるのを感じながら、こくりとうなずいた。

「スカーフはいい手だ」

アメリアは少し意外に思いながら、「そうなんですね」と相槌《あいづち》を打った。

――キスマークをスカーフで隠すのは変なことではないみたい。

家族に、変わっていると非難されることが多かったアメリアは密かに安堵の息を漏らす。

だが、すぐに、ランドルフが全く別の理由からそう思っていたことがわかった。

「仕立屋を呼んだとき、肩の開いたドレスがとても似合っていたのでつい称賛してしまったが、最近の流行は胸元が開《はだ》けすぎていてよろしくない。社交場では、そうやって隠しておいたほうがいい。君の胸の谷間は、私以外の男にはできるだけ見せないように」

よくもまあ、こんなことを真顔で言えるものだ。

「……見られたぐらいでは、妊娠しませんわよね?」

ランドルフの双眸が鋭くなる。

「当たり前だ」

――あっ、馬鹿なことを言ってしまったわ。

呆れられていると思いきや、ランドルフが企むように片方の口角を上げた。

「そうだ。これからもどんどん痕を付けてやる。だから、君はスカーフで隠すしかない。いや、それよりも早急に襟ぐりの詰まったドレスを作らせよう」

呆れるのはアメリアのほうだった。

「そういうドレスはいやか？」

「あ、いえ。肩の開いたドレスは恥ずかしいと思っていたので、作っていただけるのはありがたいです」

ランドルフがおやおやと片眉を上げる。

「君は公爵夫人だ。君が欲しいと思うものは、私に頼まなくても好きに作ったらいい。ただし胸元《はだ》が開けすぎたドレス以外の話だがな」

「は、はい。ありがとうございます」

そのとき、給仕によって、アメリアとランドルフの前に同時に紅茶が供された。

ランドルフが磁器製のカップに口を付けていると、今度は二人の前に同時に前菜が置かれる。

カップをソーサーに戻すと、ランドルフが少し身を乗り出してきた。

「今日は天気もいいし風もない。公園に行かないか？」

アメリアはランドルフの真似《まね》をして紅茶を飲もうとしていたところだったので、慌ててカップを口から離す。

「公園……ですか？」

散歩でもするのだろうか。

「とても美しい公園なので、スケッチしたらいい。アメリアは風景を描くのが好きだろう?」

「は、はい」

思ってもいない提案に、アメリアは心を躍らせる。

「朝食後いっしょに馬車で、と言いたいところだが、少し用があるので、午後、公園で合流しよう」

「お仕事がお忙しいのなら、無理なさらないでくださいね」

アメリアが心配してそう言ったのに、ランドルフは首を振った。

「いいや。今日は仕事じゃない。ただ、所用があるだけなんだ」

「そうですか」

とはいえ忙しいには違いない。

――公爵閣下は本当に優しいわ。

昼前にエントランスでランドルフを見送り、午後になってから侍女とともに馬車で向かったのはレヴィンズ公園だった。元帥が乗っていないのに、馬車の前後を騎馬兵が固めている。

――元帥夫人も警護されるわけね。

こんな意味のない仕事をさせてしまい、アメリアは申し訳なく思った。

やがて背の高いイトスギが目に入る。きれいに等間隔に並べられていて美しいが、イトスギは死の象徴である。実際、この公園の一部は高官のための墓地になっていた。

レヴィンズ公園の入り口には一対の大きな馬の彫刻が飾られており、その前に見覚えのある深緑の箱馬車が停まっていた。護衛の兵五人に囲まれている。

アメリアの馬車が近づくと、フロックコートに黒マントを羽織ったランドルフが中から姿を現した。今日は陽の光が暖かいとはいえ、まだ一月である。アメリアはケープ付きの毛織物のマントを着用していた。

アメリアが馬車から降りようとすると、ランドルフが手を伸ばし、支えてくれる。自分一人でも降りられるのだが、頼れる人がいるというのはこんなにも心強いものかと思う。アメリアが地面に足を着けると、ランドルフが肘を出してきたので、彼の腕に手を置く。

「今日、新たに好きな風景が見つけられるといいね」

――絵のパターンを増やそうとして誘ってくれたの？

アメリアが描く風景といえば、いつも故郷の山稜か庭の草木ばかりだ。とはいえ、春夏秋冬で違う表情を見せてくれるので、それで満足していた。

だが今、目の前の風景、そして何よりもランドルフの佇《たたず》まいに、猛烈に絵心を刺激される。

ランドルフの肩に小さな緑色のものが付いていたので、アメリアは糸くずかと思ってそれをつまんで取った。よく見ると、糸くずではなく、柄《え》に緑の毛糸が生えているような――イトスギの葉だった。イトスギが植えられているところはあまりない。

「どうした?」

「……小さな葉が付いていましたわ」

——用事のあとに、ここに寄ったのではなく、ここに用事があったのかしら?

「ありがとう」と笑顔を向けられると、そんなささいなことはどうでもよくなった。

この公園は奥に向かってゆるい勾配があり、丘になっているところは森で覆われていた。手前には人工の池があり、その周りを散策する人々は、森と池の美しい風景を楽しんでいる。

ランドルフが現れると周囲の人々の視線が一斉に集まる。だが誰も近寄らない。皆、崇拝するような瞳をランドルフに向けたあと、隣に立つアメリアに好奇の眼差しを送ってくる。

——こういう視線に早く慣れないと……。

侍従がアメリアの希望の場所に画架を置き、椅子まで用意してくれた。

アメリアは池のほとりで公園全体のスケッチを始める。

その後ろに敷布を広げ、ランドルフがワイングラスを片手に寛《くつろ》いでいる。風景よりも、こちらのほうが余程絵になるというものだ。

だが、ランドルフを描きたいとも言い出せず、アメリアは黙々と絵筆を動かしていた。アメリアが薄茶で主線を引き終わり、色付けに入ると、背後から声を掛けられた。

「遠景だけじゃなく近景も入れるのが好きだよね?　スノーグースを気に入ったの?」

薔薇《ばら》科のスノーグースの葉はエメラルドグリーンで、白い花の中心には黄金の花芯がある。

――閣下のような色合いなんだもの。

アメリアは、そんな言葉を呑《の》み込み、顔だけ夫のほうに向ける。

「水鳥の羽毛のような花がきれいですわ」

「そうか。好きなものができてよかった」

ランドルフが破顔した。きりっとした顔が一瞬で少年のような屈託のない笑顔に変わる。

どくんと、心臓が跳ねたあと、鼓動が早鐘を打ち始め、止まりそうにない。

――だから、振り返らないようにしていたのに……。

それを察知したのか、ランドルフがアメリアのすぐ横に来て膝立ちになる。彼は長身なので、座っているアメリアの目の前に彼の顔が来た。しかも、彼の顔が傾く。

――え、まさか？

周りには侍従や侍女に護衛の兵までもがいる。

アメリアは咄嗟に彼の口を手で覆った。

ランドルフが半眼になる。

「私に恥をかかせる気か？」

アメリアはハッとした。

――そういうとらえ方もあるのね。

相手は救国の英雄である。アメリアは観念し、ぎゅっと目を瞑って唇をすぼめた。それなのに生温かな感触が訪れたのは頬だった。意外な展開に、アメリアは目をぱちくりとさせる。

「誰も唇に、なんて言っていないよ？」

ランドルフが、悪戯っぽい瞳をきらきらさせている。

「な、なぁに、それ！」

アメリアがそっぽを向くと「嘘だよ」とランドルフに顎を取られ、軽く唇に唇を重ねられた。

――こんな衆人環視の中で……！

アメリアがどぎまぎしながら周りを見渡しているというのに、ランドルフが悠然と微笑んでいる。そんな彼の顔は朱に染まっていて耽美的な美しさを醸《かも》し出していた。

――ん？　朱色？

「きれいな夕陽だな」

ランドルフがそう言って双眸を細めたので、アメリアは彼の視線の先へと振り返った。

公園の丘に溶けるように沈みゆく夕陽がそこにあった。

「本当に……きれい」

一人ではなく二人で見る夕陽のなんと美しいことか――。

「アメリア……」

ランドルフはそれ以上何も言わず、黙ってアメリアの肩を抱いた。しばし無言で二人肩を寄せ、朱に染まっていく空に見入る。アメリアは、同じ景色を見て、ともに愛でてくれる人がいる幸せに心震わせた。

アメリアが上目遣いでランドルフを見上げると、彼が額へのキスで返してきた。ランドルフはすぐに接触したがる。

――きっと今晩も……。

昨晩の甘い官能をうっとりと思い出すとともに、アメリアは不安に襲われる。今度こそ声を抑えられるのか、そして破瓜の痛みとは一体、どんな痛みなのか――。

――でも、こんなによくしてもらっているんだから、ちゃんと跡継ぎを産まないと！

アメリアはそうやって自身を鼓舞した。


夜の帳《とばり》が下り、そのときが近づく。

アメリアが晩餐を終えて自身の居室に戻ると、侍女たちが今日こそ公爵のもとへ早く送り届けようと、ずらりと勢ぞろいで待ち構えていた。

「お湯に浸《つ》かりたいですか？」

「ええ」

むしろ朝、入れるものなら入りたかった。昨晩、愛撫されたままの体で今日一日を過ごしてしまった。

「もうご用意できております」

アメリアはバスタブの中で洗われると、白いネグリジェとガウンを着せられ、侍女頭に内扉を通じてランドルフの寝室まで連れて行かれた。

細かな黄金の装飾が美しい大きな白い扉が侍従によって重厚な音とともに開かれると、そこには、あの美しい男がガウン一枚で立っていた。

「いらっしゃい」

――この方が自分の夫だなんてまだ実感がわかないわ。

ほかの部屋より薄暗く、アメリアはどきっとしてしまう。だが、その後すぐに、明るくなくてよかったと思い直す。裸を見られるなら明るいところよりも暗いところのほうがまだいい。

中央には黄金の装飾が施された大きなベッドがあり、脇に置いてある燭台の灯《あか》りが、黄金の天蓋から垂れる青いドレープに刺繍された盾と鎧の紋章を浮かび上がらせている。公爵家の紋章だ。

アメリアは、このベッドでこれからすることを想像し、昨晩の陶酔が蘇りそうになって、心の中でぶんぶんと頭《かぶり》を振った。

ランドルフにいきなり片手で腰を引き寄せられ、アメリアは心臓が口から飛び出そうになる。

――ど、どうしたらいいの……また昨晩みたいに私、変になる気しかしないわ……。

そのとき壁に掛かった絵画がアメリアの目に入る。

──子作りに入る前は発語して大丈夫よね？

「こちらの絵画、もしかしてハンゲイトのものではありませんか？」

アメリアはさりげなさを装い、木陰に佇む女性を描いた絵画のほうに近づくことで、ランドルフから離れた。

「よくわかったね」

ランドルフが逃げられたとばかりに、手を開いて左右に広げた。

「私、ハンゲイトの作品はキースリー美術館で模写したことがありますの」

アメリアは振り返って顔をランドルフのほうに向ける。

「キースリー美術館？」

ランドルフの反応が過剰な気がした。そういえば、戦時下のどさくさで略奪された美術品があると聞いたことがある。

「ええ。実家からそんなに遠くないので何度か行ったことがあるのです」

「……ハンゲイトは進取の気性があるから、学ぶことも多いだろう」

ランドルフがベッドの支柱にもたれ、腕組みをした。

「そうなんです。私、どうしたらもっと光を自然に描けるか悩んでいたのですが、ハンゲイトの絵を近くでじっくり見て、答えをもらえたような気がしました」

「それはよかった」

彼の声が平坦《へいたん》で感情がこもっていない。アメリアは、気にしないようにして質問で返す。

「キースリー美術館に行ったことがおありですか?」

「ああ」

平坦どころか投げやりな感じの返事だった。

「あの回廊、あれ自体が美術品だと思いませんこと?」

「……思うよ」

そのとき、アメリアは肘を掴まれ、ぐいっと彼のほうを向かされる。ランドルフの顔を見て目をぱちくりとさせた。

ランドルフが不愉快そうに目を眇《すが》めていた。

——いえ、不愉快というより、何か辛そうな……。

「アメリア、おしゃべりの時間は終わりだ」

——もしかして、寝室に入った時点で発語は控えたほうがよかったのかしら……。

今度からは気をつけないといけないと、アメリアが黙り込んだところ、彼に抱き上げられる。

——きゃ!

彼女を横抱きにして、ランドルフがアメリアの瞳を覗き込んだ。

「さあ、子作りの時間だ」

アメリアは一気に顔が熱くなって、爆発でもするのではないかと思った。両頬を手で覆う。

「は……はい」

——そ、そんなに……？　そんなに跡継ぎを一刻も早く欲しいなんて……。

どうりで結婚を急いだわけだ。アメリアは覚悟を決めて目を瞑《つぶ》る。

ランドルフが、そっとくちづけてくれた。彼は優しい。なぜアメリアが選ばれたのか、よくわからないが、愛しているかのように接してくれる。『愛している』などと、心にもない言葉を吐かないところも誠実といえよう。

アメリアは、絵画を描く上で素晴らしい環境を提供してもらった。その恩を返さないといけない。恩返しの相手がこんなに美しいなんて、奇跡のようなことだ。

アメリアはベッドに下ろされ、へたり込むように横座りになった。ランドルフも乗り上げ、彼女の隣に腰を下ろす。

ランドルフがアメリアの腹部に手を置いた。大きな手の感触に、アメリアは早くも体の奥底で何かが蠢き始めたのを感じ取る。

「今日は、ここを私でいっぱいにするよ？」

——こ、子種のこと？

「は……はい」

緑の瞳が野性的に輝いたと思ったら、アメリアは持ち上げられ、彼の大腿の上で斜め抱きにされていた。顔が近づいてきて、アメリアは見ていられず、慌てて瞳を閉じる。

ランドルフが当たり前のように彼女の唇を舌でこじ開けた。口の中が彼の舌でいっぱいになると、脳内が甘く痺れてきて、アメリアは彼の腕にしがみつく。

唇が離れたとき、ランドルフが額をくっつけて微かに笑った。

――なんてやわらかな笑み……。

アメリアが見惚《みと》れていると、ランドルフが頭の位置を下げた。ネグリジェの上から乳房の頂を口に含む。

舌でしごかれるうちに、じんわりと濡れた感触が乳暈に広がっていった。しこった乳首にモスリン生地がこすれるたびに、えもいわれぬ愉悦がアメリアの全身に伝播《でんぱ》していく。直に唇が触れるのとは異なる快感がそこにあった。

アメリアは声を漏らす代わりに口をぱくぱくと開ける。

彼の唇がもう片方のふくらみに移ると同時に、アメリアの尻を掴んでいた彼の手が太ももを伝い下がっていき、やがてネグリジェの裾までくると、中に侵入して今度は這い上がってくる。

彼の骨ばった手が太ももに直に触れ、それが秘所に向けて、ひたひたと迫ってくる感触に、アメリアは早くも背筋をぞくぞくさせた。

そう。アメリアはこの手がどこを目指すのか、昨晩知ってしまったのだ。

――あっ。

ランドルフが指先を蜜源に差し入れると、くちゅくちゅといじってきた。ますます蜜がとろとろと垂れる。その感触と水音で、アメリアの中で淫猥な気持ちがせり上がってくる。

ランドルフが胸から顔を離したときには、彼の瞳が酩酊《めいてい》したようになっていた。

きゅんと、アメリアは胸を締めつけられる。

——な、何この気持ち……。

さっきから、昼間は見せない様々な表情を目にしてきた。だが、この瞳はいけない。アメリアまで酔いそうになる。もし声を自由に出せたら彼の名を呼んでしまったかもしれない。

そのとき、秘所からちゅぷんと指が抜かれ、アメリアはびくっと腰を反らした。

ランドルフが、ネグリジェを一気にめくり上げ、アメリアの頭から外す。

とたん、濡れた乳頭と下肢が敏感になった。まるで外気に愛撫でもされたようだ。

ランドルフが今日もアメリアの全身をしげしげと眺めてくる。

「アメリア……きれいだ」

ランドルフがまぶしそうに目を細めてそうつぶやいた。

——本当に女性の趣味が変だわ。

アメリアはランドルフに抱き上げられ、ベッドの端から中央へと移される。

ランドルフがアメリアを仰向けに下ろすと、彼女の脚を膝で挟んだ。膝立ちで、自身のガウンを脱ぎ捨てる。

——嘘——！

そこには、神々の彫像と見紛《みまが》う理想的な体躯があった。アメリアが人間の彫像なら、彼は神だ。アメリアは一瞬、なんで手を怪我《けが》したぐらいで彫刻をやめてしまったのかと後悔したが、いや、自分にはこの美しさを平面に写すことができると思い直す。

彼の薄い唇が弧を描いた。

「アメリア、ときどき私のことをじっと見つめているよね？」

――ばれていましたか！

観察するのは不躾《ぶしつけ》なので今後は注意しないと、とアメリアが肝に銘じたところで、両脚の間に膝がをねじ込まれる。

――っ、ついに？

「ずっとだんまりだけど、緊張しているのか」

――閨で淑女はしゃべらないものなのではないの？

感情を言葉で表してはいけないだけで、天気の話などならいいのだろうか。

とりあえず、アメリアはうなずく。

「そうか……緊張どころじゃなくしてやるよ」

彼の瞳が急に野性味を帯びた。

――い、痛くて緊張どころじゃなくなるのね！

そのときが近づいてきた。アメリアの胸の鼓動がどんどん強くなってくる。

彼が膝を使って、アメリアの両脚を左右に広げた。かなり無様な格好だ。

──ご、ご先祖様、私、こんな格好で大丈夫でしょうか？

ランドルフが両太ももを掴んだ。彼の骨ばった長い指が太ももに食い込んだだけで、腹の奥が疼《うず》き始める。アメリアが脚をもぞもぞとさせていると、ぐいっと両太ももが高く掲げられた。

──いや、いやだわ……見えちゃう。

アメリアは下肢を隠そうと咄嗟に手を伸ばしたが、すぐに彼の手にからめとられ、手をベッドに留め置かれる。もう観念するしかない。

──彫刻刀より痛くありませんように！

アメリアは怖くて目を閉じ、身を強張らせた。

──い……いったー……。

と思いきや、痛いどころか、とてつもなく気持ちいい何かが彼女の秘所に訪れた、まるで天使に寿《ことほ》がれているかのような──。

──いえ、待って。天使？

アメリアは恐る恐る薄目を開け、頭を少し浮かせた。

彼女の両太ももの間に彼の顔《かんばせ》が沈んでいるではないか。天使ではなく、ランドルフが舌でそこを舐めていた。しかも観察するようにアメリアのほうを見ている。

──う、嘘でしょう！

今までの人生で最も驚いたのはこの瞬間かもしれない。

なんでまた、よりによってそんなところを舐めているのか。

念のため体を洗ってもらってよかったと思ったあと、そういう問題ではないと打ち消す。

――女性の好みが変だとは思ったけど……！

アメリアの夫は本格的に変態なのかもしれない。

彼のしなやかな舌が、生き物のように彼女の花弁の狭間《はざま》に滑り込んだ瞬間、アメリアの全身を甘い衝撃が貫き、意識がどこかに飛んでいきそうになる。アメリアは彼の手をぎゅっと握り返して正気を保った。太ももがぴくぴくと反応しているのがわかる。

ランドルフの舌は、指とは違って温かく、肉厚で、中に少し入り込んでは退《ひ》き、蜜襞をくすぐってくる。その上、あの芽のようなところに手が伸びてきて、指でいじられた。

「あっ……ん」

アメリアは、うっかり声を漏らしてしまった。

秘密の入り口を執拗《しつよう》に舌で愛撫されているうちに内ももが、がくがくと震え出す。

「あ……あぁ」

――駄目よ。また昨日と同じ。

アメリアは、どこか高いところへと押し上げられていく。もう何も考えられない。ただ、そこにあるのは今までにない快楽――。

——いたっ！

経験したことのない鋭い痛みに、アメリアは現実に引き戻される。彼女の上に、たくましい胸筋があり、ランドルフが心配そうに覗き込んでいた。

「今なら、あまり痛まないと思ったのだけれど……？」

——なんて、甘い、痛み……。

彫刻刀とかそういう問題ではない、痛みの種類が違う。

「痛むのか？」

——痛いけど、平気。

そう答えたかったが、首を横に振るに留める。

「……わかった……というか、正直、もう止めることなんてできそうにないよ？」

彼に切なげにそう言われ、アメリアは胸のきゅんきゅんが止まらなくなってしまう。そのとき、彼女の中から痛みを怖《おそ》れる気持ちが霧散していった。

片側から灯りに照らされて暗闇に浮かび上がる鋼の肢体がしなやかに反る。下肢が密着した。アメリアは下腹の奥深くまで彼でいっぱいになったことを感じ取る。ずるりと彼の熱塊がぎりぎりまで下がる。これは終わりでなく始まりだった。再び、剛直が隘路をこじ開けてくる。

「ふぁ……」

じわじわと腹の奥まで彼に侵食されていく感覚に、アメリアは自分自身が溶け出すのではな

いかと思った。痛みのことなど忘れ、とてつもない快感に酔いしれる。

ランドルフは彼自身をアメリアの中に埋めると、ゆっくりと引き出す。水音が立ち、蜜がかき出されると同時にアメリアが小さく喘《あえ》いだ。

普段より高い嬌声《きょうせい》に、ランドルフの心が喜悦に沸く。ことに及ぶと急に声を発さなくなるアメリアが啼いたのだから、喜びも一入《ひとしお》だ。

ランドルフは滾《たぎ》った性で一気に最奥まで穿《うが》ちたい衝動に駆られるが、アメリアがさっき少し痛そうにしていたので、動きを緩慢にすることを心掛けていた。彼女の太ももはやわらかく、彼の筋肉質な大腿にふわりとぶつかる。そのたびに甘露が彼の大腿を濡らしていく。

しかも、まだ彼の形に変わることに慣れていない隘路は雄根を、その襞で強く抱きしめるかのように圧してくるのだ。

そしてなんといっても、薄暗闇の中で蠟燭の炎が浮かび上がらせるアメリアの美しいこと！

彼女はその大きな瞳を陶然と細め、小さく赤い口を僅かに開け、荒い息を漏らしている。彼女の美貌を覆い隠していた巻き髪は今やその顔の周りに扇状に広がり、荘厳ですらあった。

視線を下げると、理想的な美しい円みを描いた乳房が震えながら上下している。その頂を彩る淡いピンク色の蕾は凛と立ち上がっていた。

「ああ……、アメリア……」

ランドルフは感動のあまり、あやうく愛の言葉を掛けそうになって自制した。

再び奥まで突いたとき、アメリアが無意識に太ももを彼の腰にすりつけてくる。その弾みで、彼の熱杭が根元まで埋まる。

「……くっ」

ランドルフのほうが声を漏らす始末だ。

それも仕方ない。アメリアの太ももが汗を含んで滑らかに彼の腰にまとわりつき、繋がっているほうの手も彼を離さないとばかりにぎゅっと結ばれていたのだから――。

ランドルフは再び腰を引いて、欲望で彼女の秘密の路《みち》を押し開く。気が遠くなりそうな愉悦の中、彼はできるだけゆっくりと抽挿を繰り返した。

「あ……ああ……」

アメリアの艶やかな唇から消え入るような声が落ちる。蜜壁が彼の性をからめとるように波打つ。昨日指で感じたうねりが今、猛《たけ》った性にまとわりつき、ランドルフをますます昂《たかぶ》らせる。

――爆《は》ぜそうだ。

吐精を抑えるのに必死で、知らず知らずのうちにランドルフの動きが性急になってくる。

「ふぁっ……あぁ……んっ……ああ」

堰《せき》を切ったように彼女の口から嬌声があふれ出した。昨日もそうだった。静かだったアメリアがあるときを境に箍《たが》が外れたように情熱を吐き出す。彼女の清廉な青い瞳は今、淫靡《いんび》に潤み、しがみつくように握りしめていた手から力が失われ始めている。

——もうすぐだな。

「アメリア……いっしょに達《い》けるか?」

またしても返事がないが、今回ばかりは当然に思える。アメリアはうっとりと瞳を細め、口から滴りを零し、喘ぎ声が止まらなくなっていた。

「あっ!」

アメリアが小さく叫んだ、そのタイミングで、ランドルフは彼女の中に熱い情熱を注ぐ。と、同時に、彼の顎から落ちた雫《しずく》が彼女の乳房を濡らした。

アメリアはベッドで、はぁ、はぁと肩で息をしていた。

——な、何……今、一瞬、意識が飛んで……。

見上げると、黄金の天蓋があり、内側にも草花の模様が刻まれている。気配を察して瞳を横に向けると、ランドルフが隣に寝そべっていて、アメリアのくせ毛をくるくると指先でいじっていた。アメリアと目が合うとランドルフが黄金の睫毛を少し伏せて微笑みかけてくる。

——きれいな顔。

彼の金髪の前では、天蓋の黄金も色褪《いろあ》せてしまう。

ついさっき、この顔が彼女の太ももの間《あわい》に沈んでいた。アメリアは、あのときの陶酔を思い出しただけで下肢を熱くしてしまう。あれを気持ちいいと感じたアメリアもまた変態なのかもしれない。

——それよりも、最後。

痛みのあとに天国に昇ってしまったのかというぐらいの至福を感じた。

——ちょっと待って……！

『万が一、ベッドで気持ちいいと思ったとしたら、おまえは痴女である』

アメリアは義母の講義を思い出し、さーっと血の気の引く思いをした。

——私、痴女だったのだわ！

講義を受けたときは、痛いのを気持ちよく感じるわけがないと思ってあまり気にしていなかったが、自分は案外、享楽的な人間だったのだ。

——でも、修道院に行きたくない。閣下のお傍にいたい。

アメリアはいつの間にか、ランドルフと離れがたくなっていることに気づいた。

——それに、子を産んで恩を返さないと。

アメリアは体を彼のほうに向けた。

「わ、私、ちゃんと子種をいただけたのでしょうか」

ランドルフがクスッと小さく笑って、上掛けの中で手を伸ばし、腹部に直に触れた。

それだけで、アメリアの中で冷めやらぬ官能が再び疼き出す。過剰に感じていることがばれないように、アメリアは深く息を吸い、静かに吐くことで平静を保った。

「子種をたっぷりここに注いだよ？」

ランドルフから思わせぶりな眼差しを投げかけられ、彼女は自身の蜜口が物欲しそうにひくついたのを感じた。とろりと熱いものが垂れる。この蜜は彼女の中からあふれたが、もしかしたら彼からもらったものかもしれない。

アメリアは急に恥ずかしくなってくる。

跡取りをもうけるための神聖な行為なのに、淫靡な気持ちに支配されて悦《よろこ》んでいるなんて、なんという堕落だろう。自分が痴女だとばれたら、優しいランドルフも、きっと愛想を尽かす。

「そうですか。ちゃんと義務を果たせたようで何よりです」

眼差しも口元もきりっとさせてこう答えた。これが、アメリアが考え出した妻としての理想的な回答だった。

それなのに、なぜかランドルフが不機嫌になる。眉と眉の間に皺まで刻まれていた。

――もしかして！

最後、意識がぼんやりとしてきたところで、アメリアは声を上げてしまったような気がする。

やはり、はしたない女と思われたのだろうか。

――こういうときのために義母の講義があったのに……。

またしても、アメリアは快楽に負けて喘いでしまったのだった。

第四章　奥様は痴女？

初めて結ばれた翌朝だというのに、ランドルフがエントランスホールの前で、何事もなかったような爽やかな笑みを浮かべている。普段、軍司令部に行くときは軍装だが、今日は王宮に出仕するそうで、クリーム色のヴェストにフロックコートを羽織っていた。

見送るアメリアの額に軽くキスをしてから、ランドルフが、豪奢《ごうしゃ》な深緑色の馬車に乗り込んで出かけて行く。アメリアからしてみれば、なぜ自分が、こんな立派な夫から愛される妻みたいな構図になっているのか理解できない。

とりあえず、実家にいたときと同じく、自室のアトリエに戻って画布に向かった。

——緑眼に掛かる黄金の睫毛……。

アメリアは、普段は全体を大まかな線画で描くのだが、気づいたら、目の周りを彩る長い睫毛を細かく描写していた。

——私、何を描いているの？

この艶《つや》っぽい目つきは、ランドルフが彼女を抱いているときのものだ。

——本当に、私ったら痴女！

アメリアはその画布を裏向けて壁に立て掛けた。

煩悩を断ち切ろうと、愛猫リンジーを描くことにする。田舎の館のほうが過ごしやすいだろうから連れてこなかったが、あとは仕上げだけなのでなんとかなるだろう。

だが、実家にいたときのように集中できない。つい、昨晩のことを思い出してしまうのだ。

『ああ……、アメリア……』と、まるで愛おしい者を見るように双眸を細めたランドルフ。

——紳士はみんな、ベッドでは女性にああいう瞳を向けるのかしら……。

「きゃ」

画布に描いた猫の頬にランドルフの睫毛をぴょんぴょんと描いていることに気づき、急いで布でふき取った。

——猫は髭《ひげ》でしょう！

アメリアは気を取り直して猫の腹部に絵筆を走らせる。

「きゃ」

アメリアは、気づくとそこにランドルフの筋肉を描いていた。慌てて消す。

もう認めざるを得ない。アメリアは痴女だったのだ。わかった以上、徹底的に隠さないといけない。修道院に行ったら、妹の縁談も頼めなくなる。そもそもランドルフだって痴女の妹の結婚相手など探したくないだろう。

子作りのとき、快楽に溺れないよう注意して、今度こそ変な声を出さないようにしようと、アメリアは決意した。どうしても出そうになったら『やめて』とか『はしたない』などと言ってごまかすのもありかもしれない。

――とりあえず、今はリンジーを完成させるのよ。

絵に没頭して、頭の中からランドルフを追い出すのだ。

ランドルフは王宮での枢密院会議が終わると、まっすぐに自邸に戻り、自身の居室に寄ることなく、新妻のアトリエへと向かった。

亡き母、公爵夫人の居室の広間をアトリエにしたのは最も日当たりがいいからだ。

ランドルフがアトリエに入ると、油の臭いがした。死んでいた部屋が生き返ったように感じる。そして画布の中からこちらを見つめる白猫。まるで本当にそこにいるかのようだ。画架の前に座るアメリアが顔をランドルフのほうに向けてきた。

「お帰りなさいませ」

ランドルフは、アメリアから少し離れたところにある長椅子の背もたれに手を置く。

「ただいま。ここで見ていてもいい？」

「いいですけれど、きっとつまらないですわよ？」

アメリアが、はにかんだように笑う。やわらかな光の中、彼女そのものが宗教画から抜け出してきたかのようだ。髪結いの上手な侍女を付けているので、髪の半分を細かい三つ編みにして頭上に纏め、垂らした巻き髪は彼女の美貌に華を添えていた。

——アメリアをここまで花開かせたのは、私だ。

そう思うと、ランドルフの中でぞくぞくと悦《よろこ》びが湧き上がってくる。だが、真剣に絵を描いている妻に悪いので、おとなしく長椅子に腰掛けて見物することにした。

アメリアはランドルフのことを全く意に介さず、ひたすら色を塗っている。昨日、公園に行ったときもそうだった。

そもそも彼女は、絵画を描く環境と引き換えに結婚に承諾したのだ。そう思うと、ランドルフの中で苦いものがこみ上げてくる。

昨晩など、最中はあんなに気持ちよさそうだったというのに、事後になると、まるで義務のためにいやいや抱かれたようなことをアメリアが言ってきた。

——いや、まだ私に慣れていないだけだ。

夜は肌を、昼は会話を重ねていけば、また変わってくるだろう。

「すごい集中力だな？」

ランドルフが声を掛けると、アメリアが振り向いた。少し頬が紅潮して見える。

「没頭したら忘れられるから……」

「何を？」と、ランドルフが問うと、アメリアがしまったというふうに目と口を僅かに開けて頬をみるみる赤くする。

「え、い、いえ、いろんなこと……」

「そう」

ランドルフはこれ以上聞くのを避けた。彼女が持参した絵画には母親の絵が多かった。幼いころに亡くしているので、想像で描いているのだ。実家でいろいろ辛いこともあっただろう。

このときランドルフは、アメリアが頭から打ち消そうとしているのが、昨夜の行為のことだなんて思ってもいなかった。

アメリアの顔が再び画布へと向かう。

たまに耳に入る音は鳥のさえずりぐらいだ。そんな静寂の中、しゅっしゅっと絵筆の走る音が際立つ。ランドルフは、こんなにも心が安らいだのは久しぶりだった。

「閣下、閣下」

ランドルフが呼ばれて顔を上げると、目と鼻の先に、心配そうに眉を下げるアメリアの顔があった。長椅子の前で背を屈めてランドルフの顔を覗き込んでいる。

陽の光がいつの間にか朱を帯びていた。どうやら、ランドルフはひじ掛けにもたれて眠ってしまったらしい。

「うなされていましたわ」

ランドルフは上体を起こして前髪をかき上げる。

「そう……私は、なんて……？」

「エヴァンって」

ランドルフは、いやな夢を見ていたことを思い出した。正確に言うと、彼は今も、悪夢の中にいる。自身の肩に目をやると、そこにはアメリアの小さく白い手があった。彼女から接触してくるのは珍しいことだ。

ランドルフはアメリアの小さな手を彼の大きな手で覆う。

——温かい。

これこそ生きている証《あかし》だ。

「手に絵の具が付いているよ？」

アメリアの顔がカッと赤くなった。

これは絵の具が恥ずかしいと思ってのことか、手を包《くる》まれて照れているせいなのか。

「私はこの手が好きだ」

ランドルフが片方の口角を上げ、上目遣いでそう告げると、「あ、ありがとうございます」と、アメリアが離れようとしたので、ランドルフは彼女の手を掴んで引っ張り、自身の肢体の上にうつ伏せにさせた。彼女の豊かなふくらみがランドルフの胸に押しつけられている。

「ごめんなさい」

アメリアが長椅子の背もたれの縁を掴んで起き上がろうとしたが、ランドルフは彼女の背に手を回して、強く抱き寄せる。

「いい夢を見させてくれないか？」

「えっ？」

アメリアが座面に手を突いて、頭を持ち上げた。すると胸の谷間が目の前に現れる。前屈《まえかが》みなので、いつもよりその谷間は深く、ふくらみがたわわになっていた。

――ここで止めるのは無理だな。

「人払いをしているから、誰も来ないよ？」

ランドルフは、片腕を彼女の背に回したまま、もう片方の手を、襟ぐりから中へ差し入れ、掌で持ち上げるように乳房を直に包んだ。

アメリアが目を見開いて、真っ赤になる。

――可愛い。

ランドルフは指間に乳首を挟んで手を左右に揺らす。アメリアが目を閉じて、びくんびくんと首を反らせた。白く細い首はなまめかしく、ランドルフは頭を少し掲げて彼女の首をべろりと舐める。彼女が身をよじったのが直に伝わってくる。

アメリアはこういうとき声を発さない。それだけならわかるが、今、普通に口を閉じるだけではなく、上唇と下唇を口内に巻き込んで唇が見えなくなっている。

——なんでまた？

ランドルフは背から腕を離して歯列の間に親指を差し入れた。口が開き、赤い唇が現れる。

「んあ……」

その気怠《けだる》い声は、とてつもなく色っぽかった。

ランドルフはしばらく、彼女の口内に親指を突っ込んだまま乳首をいじる。合間合間に、彼女の喉奥から「んっ」「ふぁ」と、啼き声が漏れる。

「やめっ」

アメリアが首を振って口から親指を外した。

「どうして？」

「だって……こんな時間に……はしたないわ」

ランドルフが指の腹で乳首をねじると、アメリアがぎゅっと瞳を閉じて口を開けた。が、その唇は過ちをただすように急ぎ閉じられる。

「はしたない？」

「子を作ることがはしたない？」

ランドルフは切り札を出した。少しむなしい気持ちとともに。

だが、焦ることはない。アメリアはまだ破瓜を迎えたばかりだ。子作りという大義名分のもとに、徐々に快楽を植えつけていけばいい。

「いえ……く……ください。私、あなたの子を……産みます」

片方の乳房を露わにさせ、潤んだ瞳で息も絶え絶えにそう告げられ、どくんと、ランドルフは自身の下肢が熱くなったのを感じた。

「いいだろう。子種をたくさん与えよう」

ランドルフは起き上がってアメリアと向き合った。両太ももを掴み、彼の大腿の上で広げる。

「あ、こんな格好……」

これ以上言わせたくなくて、ランドルフは「はしたない？　だが、こうしないと子はできないよ？」と先回りした。

「は、はぁ……はぁ……い」

――変な返事だな。

そんな疑問はすぐにかき消される。眼下で、片方の乳首がつんと立ち上がっていたからだ。

ランドルフは彼女を少し後ろに傾けて手で支え、隠れているほうの乳房を覆うモスリン布を歯で噛んで下げる。こちらの乳首もしこっていた。彼はそれを舌先でそうっと舐め上げる。

「やっ」

「いやがっているふうに見えないよ？」

ランドルフは乳頭を口に含んでちゅうっと強く吸った。

アメリアが目も唇もぎゅっと閉じて頭を左右に振っている。いやがっているとも、悶《もだ》えているとも取れる反応だ。

その答えは彼女の体に聞けばいい。

ランドルフは大腿の上に広がるスカートをめくり上げ、アメリアの下穿《したば》きの中に手を突っ込む。そのとき彼女の両脚が彼の腰にまとわりつくように動いた。太ももには蜜が滴っている。

自尊心を回復したランドルフはもう片方の乳房にかぶりつき、口内でその突起をなぶりながら、彼女の蜜口に中指を差し入れ、掻き回すように蜜壁をなぶる。

「いっ……やっ」

アメリアの背がびくっびくっと跳ねた。

——これは『いや』じゃない、こういう喘ぎ声なのだ。

「やっ……やぁ……めっ」

——やめてほしいわけじゃないだろう、どう考えても！

「もしかして指をやめて、私自身を挿れてほしいということかな？」

敢えてそんな意地の悪い質問をしてみる。

「え……そんな」

「だって、子作りはしたいんだろう？」

「んっ」

返事とも嬌声とも取れる声だが、ランドルフは承諾ととらえる。自身の前立ての釦を外し、滾った性を解放した。少年でもあるまいし、すでに臨戦態勢である。

「やっ」

彼の反りかえった剛直が彼女の太ももの付け根に当たったものだから、アメリアが驚いたような声を上げて弾かれるように腰を引いた。

ランドルフは両腋を掴んでアメリアを持ち上げ、切っ先で秘裂をつつく。ちょうど顔の位置が同じ高さになったので、彼女の上唇をついばむようにくちづけた。

アメリアの唇は半開きのままだ。瞳は焦点が定まっていない。肌が白いので、頬や胸元は薔薇が咲いたように赤くなっていた。薄桃色のドレスから乳房だけがむき出しになっている。

——なんて、美しい。

アメリアは全身から力が抜けていてなされるがままだ。

ランドルフはアメリアを少し下げて、彼女の秘唇に彼の雄を食い込ませる。

アメリアがぎゅっと目を閉じ、びくっと首を傾《かし》げた。と、同時に蜜口がひくつく。

「相変わらず、敏感だな」

ランドルフは褒めたつもりだったが、アメリアが我に返ったように目を開けた。なぜか、少しショックを受けたような表情だ。

「どうした？」

ランドルフはそう問いながら、再び、ぐぐっと押し下げて、彼の怒張の半分を沈めた。

「ふ……」

アメリアが少し声を漏らすと、またきゅっと唇を閉じた。首を伸ばして、明後日の方向を向いて震えている。だが、彼女の中は、もっと彼が欲しいとねだるようにひくひくとしていた。

――体の反応を信じよう。

ランドルフはじらすのをやめて、ぐっと一気に根元まで下ろす。

アメリアが体を弓なりにして戦慄《わなな》き、ランドルフの両袖を掴んだ。

ランドルフは、片手で彼女の腰を支え、もう片方の手でやわらかな胸をすくい上げ、親指で乳首をぐりぐりと撫でる。

アメリアの手に力がこもり、太ももが、がくがくと大きく痙攣する。

ランドルフは腰を使って、ぐっと下から突き上げた。

「あっ……あぁ」

アメリアがやっと嬌声を漏らした。しかも顎を上げて、腰をくねらせている。

ランドルフは密かに勝利の笑みを浮かべて、彼女の乳首をつまんで強めにねじった。

「んっ」

再びアメリアが声を漏らして、はぁはぁと荒い息を吐く。

ランドルフは胸を愛撫しながら、繰り返し欲望をぶつけた。布と布がこすれる音の中に、ぬちぬちと水音が立つ。そのとき、ランドルフは気づいた。

アメリアがかすかに腰を揺らしている。

「……アメリア……」

悦《よろこ》びのあまり、ランドルフが耳元で彼女の名を囁いたが、アメリアはもう、「ふぁ……ぁ……ん」と、力なく喘ぐだけだ。

――もうすぐだな。

ランドルフは胸から手を離して両手で彼女の腰を掴み、アメリアの動きに合わせて、少し掲げては、ずんっと彼の腰に落とした。

「は……あぁん」

アメリアが頭を傾けて、小さな口をめいっぱい開けた。彼が熱杭を穿つたびに、形のいい乳房が揺れ、蜜壁でぎゅうぎゅうと彼の雄芯を締めつけてくる。

「そんな……アメリア」

ランドルフはあまりにも強い快感に、呻《うめ》くようにつぶやいた。

「あっ……あぁ」

アメリアがひと際高い声で小さく叫ぶ。

ランドルフは、これ以上近づけないのに、もっと近づけるような気がして背を反らせては下から腰をぶつけを繰り返し、やがて彼女の中で熱い飛沫《しぶき》を放った。

「……ふぁ」

うねるように彼自身を圧迫していたアメリアの内壁が、ひくひくと余韻のような蠕動《ぜんどう》に変わる。やがてアメリアはぐったりとして頬を彼の胸に預けた。

ランドルフは、はぁはぁと息を整え、片手を座面に突いて少し後傾し、彼女を片腕で抱きしめた。ヴェストを着ているとはいえ乳房を押しあてられて、もう一戦交えたくなってしまうが、なんとか彼女の中から、性を引きずり出すことができた。

部屋はもう暗くなっている。

——そろそろ晩餐か。

ランドルフがアメリアを抱き上げて長椅子に下ろし、その胸元を直していると、アメリアが物憂げにゆっくりと半眼を開けた。

「食事にしようか？」

ランドルフが笑みを浮かべたというのに、アメリアは、なぜか何か大きな失敗でもしたかのように、その青い瞳を見開いて自身の口を両手で覆った。

晩餐は二人だけのときは小さいほうのダイニングルームを使用する。とはいえ、テーブルは十人掛けだ。ランドルフと向かい合って晩餐をとりながら、アメリアは深く落ち込んでいた。

——またやってしまった。

「どうした？　食欲がないのか？」

ランドルフが何事もなかったように気づかってくれる。嫌われているふうではないのがせめてもの救いだが、アメリアはアトリエでの情事を思い出して、血の気が引く思いをした。

今になってやっとわかったのだ。『動いてはいけない』の意味が――。

声を出すどころか、快楽を求めて自ら腰を振ってしまったような気がする。

――こんな痴女、死んだほうがいいかもしれないわ。

アメリアは、ちらりと上目遣いでランドルフを見た。上機嫌で、スプーンを口に運んでいる。

――よかった。

ランドルフは、アメリアが痴女であることに、まだ気づいていないようだ。


その夜、アメリアはネグリジェにガウンを羽織って、ランドルフの居室に入った。とたん、ランドルフが飛んできて、彼女を抱き上げる。

――いやな予感がするわ。

ランドルフは寝室までアメリアを運ぶと、ベッドの端に座らせ、キスをしながら、彼女のガウンをはぎ取った。動きに全くよどみがない。ランドルフがネグリジェの上から彼女の胸に手を置いたので、アメリアは彼の手首を掴んで動きを封じた。

「……今日は何もせずに寝ましょう？」

「なぜ？」

ランドルフが不満そうに半眼になる。睫毛が正面に伸びて、余計にその長さが目立っていた。

――この向きの睫毛も一度描いてみなきゃ……じゃなくて！

「子作りなら、今日もうしましたわ」

修道女のように凛と前を向いて告げる。

「一日一回の義務というわけか？」

「一日に何回もするものですの？」

――まださっきの余韻が体に残っているのに……まずいわ。

再び痴女化するのは目に見えている。

「子はそう簡単にできるものではないよ？」

諭すように言われ、アメリアはハッとして夫の顔を見上げた。彼は至って真面目である。

――なんてこと！

またしても、アメリアは結婚の本来の目的を見失うところだった。

「そ、そうですか……そうですよね。妊娠は容易《たやす》くできることではありませんわ」

「そうだよ。何年も授からない夫婦だっているだろう？」

「た、確かに」

「お互い頑張ろう」

奮い立たせるような言葉を吐いているというのに、そのときのランドルフは、なんだか、やさぐれて見えた。彼はときどきこういう表情をする。

「わ、わかりました」

アメリアはベッドにごろんと大の字に仰向けになって目を瞑《つぶ》った。


一方、ランドルフは、妻のあまりにも色気のない対応に憮然《ぶぜん》としていた。

アトリエではあんなに感じていたくせに、アメリアが子作りは義務でいやいや応じているような態度を取ってくるのだ。

だが、アメリアの体は最高だった。ネグリジェを脱がし、体中にくちづけて愛撫すれば、すぐに体全体で反応してくる。手も脚も、彼女の中も、全てが彼にまとわりついてくるようだ。

「あっ……あっ……あぁ」

やがて最後の最後に声を漏らす。

――問題は、心か……。

アメリアはランドルフを愛していない。彼は、できるだけアメリアが気持ちよくなれるよう最善を尽くしているつもりだが、だからといって惚れてもらえるわけではない。

このままでは、アメリアは性感どころか恋も知らないまま孕《はら》んでしまう。彼のプライドにかけて、そうなる前にアメリアの心を手に入れたい。

——そうだ。心の交流だ。

ランドルフはアメリアを絶頂に導くと、彼女を抱き寄せた。

アメリアが頬を赤らめて、放心したような瞳をランドルフに向けている。その官能的な表情にとらわれて、ランドルフは思わず、小さな赤い唇に指を差し入れてしまう。

アメリアは、ぼうっとした表情のまま、その指を舌で包《くる》んだ。彼女の中はやわらかく温かい。

そのとき、ランドルフの欲望が、どくんと大きく脈打った。

——駄目だ！

またしても劣情に流されるところだった。なんのために抱き寄せたのか。

「アメリア……その、今度、ピクニックに行かないか？」

アメリアがふにゃっとやわらかな笑みを浮かべた。

——こういう笑み、好きだな。

「私の領地に海が見える丘があるんだ。きっと描きたくなるよ」

「海……見たことがありませんわ」

彼女の瞳から淫靡さが消えて、清らかに輝く。初めて彼女の邸に行ったときも、もさもさの髪の毛の間から印象的な青い瞳をきらきらとさせていた。その瞳は、サファイアの中でも彼が最も愛する矢車菊《コーンフラワー》ブルーだ。

——この輝くサファイアは、いずれ私のほうを向くだろう。

「丘から見下ろす海は、海辺から見るより広々として絶景だよ」

アメリアがうれしいのか、彼をぎゅっと抱きしめ返してきた。裸のランドルフは胸のふくらみを直に感じ、このまま眠るわけにはいかなくなる。更に子作りに励むこととなった。

——まずい……本当に今日にでも妊娠させてしまいそうだ。


「まあ、あれが海ですの⁉　川と全然違いますわ！」

陽の光を反射してきらめく海は、その果てで薄青の空と溶け合っている。

「山稜もいいが、水平線も素敵だろう？」

ランドルフが大きな手を彼女の腰に当て、ぐいっと引き寄せたので、アメリアは彼の胸にもたれたまま顔を上げる。

「そうですわね」

——でも、本当に素敵なのは私の夫だわ……。

「どこに画架を置いてほしい？」

「あ、あの……その前に、何を描くかですが……せっかく閣下がいらっしゃるのですから、モデルになっていただいてもいいですか？」

公園でお願いできなかったことを、アメリアはやっと伝えることができ、どきどきしながら返事を待つ。

ランドルフが、わずかに目を見開いたあと、片方の口角を上げた。

「閣下というのをやめてくれたら、モデルになってもいいよ？」

――え？　そんなことでいいの？

「あ、で、では……ラ、ラ、ランドルフ様？」

とはいえ、名前を呼ぶなんて恐れ多くてどもってしまう。

「以前も、様はいらないと言っただろう？」

「……ランドルフ」

アメリアがつぶやくように名を呼ぶと、ランドルフがうれしそうに破顔した。少年のようだ。

――なんてこと！　閣下を可愛いと思ってしまったわ……。

心の中にあふれ出したときめきを隠そうと、アメリアが視線を逸らすと、近くに、人の何倍もあろうかというナナカマドの大木があった。葉も小さな実も赤く染まり、薔薇のようだ。

――この赤と、海と空の青の対比、そして、その手前には金髪の美丈夫。

アメリアは、体全体を震わせた。武者震いだ。

「ラ、ラン、ランドルフ、このナナカマドを……愛《め》でていただけませんか？」

ナナカマドは冬に紅葉するので、この時期に自然を描くとき、とても重宝している。

「愛でて?」

ランドルフが少し戸惑いつつも木に近づき赤い実を指でつまんだ。

「こう?」

アメリアのほうに顔を振り向けてくる。

——ま、まぶしい!

「いい。いいですわ……素敵です。そのままで……」

アメリアは体をランドルフに向けたまま、画架を置いてほしいところまで横歩きで進んだ。

「すみませんが、こちらに画架を置いていただけませんでしょうか」

そばに控えていた侍従がそこに画架と画布を置くと、もうひとりの侍従がその前に椅子を持ってくる。

「ありがとうございます」

アメリアはお辞儀をしてから椅子に座り、ナナカマドの木陰でポーズを取るランドルフを見上げる。

——これで、夫をこそこそ描かずに済むわ……!

ランドルフがクスッと小さく笑った。

「私もアメリアの〝好きなもの〟に入れてもらえるなんて光栄だよ」

アメリアは以前、ランドルフに王立アカデミー会員になることを勧められたとき、〝好きなもの〟しか描けないからいい、と断ったのだった。

――もしかして今、閣下のことが好きって言ったのも同然⁉

アメリアは顔が火照《ほて》るのを感じてうつむいた。

「下を向いていたら描けないだろう？」

ランドルフに咎められ、アメリアは慌てて顔を上げる。まずは絵筆に薄茶をつけ、全体の構図を決めた。紅葉したナナカマドの木の実をつまむランドルフのフロックコートは濃紺で、その向こう、木々の間から青い海と空が見える風景だ。

アメリアは景色を見るために顔を上げるたび、どきっとした。

ランドルフが手を木に伸ばしたポーズを取ったまま、じっとこちらを見つめているからだ。

アメリアはどぎまぎしながらも手を動かす。海よりも、夫が描けることがうれしかった。

主線を全て入れ終わったので、アメリアはランドルフに声を掛ける。

「同じポーズを取っていたからお疲れでしょう？　お休みになりますか？」

「今、切れ目がいいのか？」

「ええ。主線は描き込みました」

「見せて」

ランドルフがアメリアの後ろに回り込んで、彼女の肩に手を置いた。

「海と紅葉か。いいね。それにしても私を描いてくれるのは初めてだね？」

「え、えっと、そうでしたかね……」

アメリアは自分の恋心がばれたようで恥ずかしくて縮こまった。本当は、ランドルフを何枚描いたかわからないぐらいだ。すると、頬に彼の冷たい手が触れ、振り向くと、背後から肩越しにランドルフが顔を近づけてくる。

アメリアは咄嗟に彼の口を手で覆った。

「ほかの方が……」

ランドルフが彼女の手首を軽く掴んで外す。

「人払いしたから大丈夫」

「えっ」

アメリアが周りを見渡すと、侍従も護衛もいなくなっていた。絵に没頭して気づかなかったが、いつの間にか二人きりになっていたようだ。

「ここ、どうしたの？」

ランドルフが手首を掴んだまま、背後で、アメリアの掌を見つめている。

アメリアは手を引っ込めた。

「すみません。お見苦しいものを……。私、十四歳のとき、勢い余って彫刻刀で刺してしまったものですから」

「見苦しくなんかないよ」

アメリアが握りしめた拳《こぶし》をランドルフが手に取り、もう片方の手で、指を広げていく。

「ど……どうして？」

手が開くと、ランドルフがじっと彼女の傷を見つめた。

「七年も前なのに、こんなに痕が残っているなんて……相当痛かっただろう」

アメリアはびっくりしてしまう。傷跡というのは醜いと蔑むものであって、当時のアメリアの気持ちに寄り添ってくれる人がいるなんて思ってもいなかった。

「そ、そうなんです。家族にはオーバーだって笑われたんですが、すごく血が出て、本当に痛くて……。あれ以来、彫刻刀が怖くなって彫刻はやめましたの」

「そうか。もしかしたら彫刻の才能もあったのかもしれないね」

ランドルフが眉を下げて微笑んだ。陽の光の中で見るランドルフは夜とは全く違う。鮮烈な美しさを放っている。

アメリアの掌に温かいものが触れた。ランドルフが傷跡にくちづけをくれたのだ。

そのときアメリアに訪れたのは、驚きというよりも感動だった。

――この人なら、どんな私だって受け入れてくれるかもしれない。

「公……いえ、ランドルフ……」

目頭に熱いものを感じながら、アメリアは立ちあがってランドルフと向かい合う。

「アメリア……そんな顔されたら……」

ランドルフが背を屈めて顔を近づけてきた。唇が重なると今度は舌がぬるりと侵入してくる。

しかも、防寒用ケープの下に手が伸びてきて、ふたつのふくらみをリネンの布地の上からゆっくりと揉まれた。

「……んっんん」

舌で埋められた口の喉奥からアメリアは声を発するが、それは抵抗ではなく、快楽によるものだった。正直このまま草原の上で抱き合えればどんなにか気持ちいいか。

——駄目よ！　また痴女化しているわ。

アメリアが渾身《こんしん》の力を振りしぼって唇を離すと、ぽつっと大粒の雫が彼女の手を濡らした。

——汗……にしては叩きつけるような……。

次の瞬間、ざばーっと樽《たる》の水をひっくり返したような雨が降ってきて、さすがにランドルフが手を引っ込める。さっきまで青かった空に暗雲がものすごい勢いで広がり始めていた。

「撤収するぞ！」

ランドルフが大きな声を張り上げると、侍従や護衛の士官がわらわらと現れた。

「閣下、すぐ下に馬車を用意しております」

——助かったわ……。

アメリアは痴女にならずに済んで安堵したものの、少し残念だったような気もした。

次の瞬間、アメリアがふわりと宙に浮いた。ランドルフが抱きかかえてくれたのだ。しかも傘を広げた侍従が駆け寄ってきて、二人の上に掲げた。

——私ってば、なんでこんなお姫様みたいなことになっているの？

アメリアがぎゅっと彼の首をかき抱くと、ランドルフが頭を撫でてくれた。

「すっかり濡れてしまった。城館に帰るぞ」

ランドルフが侍従に告げると、「はっ」という返事が返ってくる。

アメリアは王都の邸しか知らないので、領地の城館を訪れるのはこれが初めてだ。

領地の館は壮大だった。門から延々と道が続き、自然を活《い》かしつつ、きれいに円形に刈り込まれたイチイや花壇、石像などが左右対称に配置されている。やっと現れた城館はまさにおとぎ話に登場する白亜の城そのもので、角々にある尖塔《せんとう》の屋根が空へと向かって聳え立っていた。

アメリアはランドルフに手を引かれて馬車から降りるときに城を見上げ、息を呑《の》んだ。

——晴れていたら、さぞや美しいことでしょうね。

「アメリア、この城、気に入ってくれたみたいだね。でも今はそれより体を温めよう」

「は、はい」

——いけない。私ってば、素敵な風景があると、それで頭がいっぱいになっちゃうから……。

アメリアがランドルフに抱きかかえられて、急ぎ連れられた先は当主の居室で、すでに暖炉に火がくべられていた。

「ドレスが濡れてしまっているね」

暖炉の前でランドルフがアメリアのケープの襟に通された絹のリボンを外す。毛織物のケープがぱさりと床に落ちた。そこまではよかった。だが、更にモスリンの花柄ドレスの背面のホックにまで手を掛けてくるではないか。

「あ、あの……侍女を……」

「脱ぐだけだから大丈夫だよ」

――余計に大丈夫じゃないわ。

「私、自分で脱げます。閣下こそ早くお着替えになったほうがよろしいですわ。風邪を引いてしまいますわよ」

「手強いな……ランドルフだと言っただろう?」

ランドルフがそう答えながら、自身のマントを脱ぎ捨てた。

「す、すみません」

やはりまだ、〝公爵閣下〟を呼び捨てにするのに抵抗がある。

「まあ、いい。そのうち名前にも慣れるさ」

ランドルフがアメリアの背後に回り、ホックを全て外してから袖をぐいっと下げ、ドレスを左右に剥《む》いた。

ドレスがずり落ち、アメリアは下着だけになる。やがてその下着もはぎ取られ、あっという間に裸身になった。

それだけで、なぜか全身の皮膚が総毛立つ。アメリアはランドルフに胸を見られたくなくて、彼に背を向け、じっと暖炉の炎を見ていた。木が燃えてパチパチという音を立てる中、ランドルフが脱ぐ布がこすれる音が背後から聞こえてくる。

その音を耳にしていると、なぜか昨晩の恍惚《こうこつ》が蘇ってきて、アメリアは胸の尖端《せんたん》がしこったように感じた。

――怖い。また痴女化し始めたわ、私……。

一体いつから、アメリアは自身の中で、こんないやらしい魔物を飼い始めてしまったのか。

アメリアは左手の傷跡に目を落とす。ここにくちづけられたときの感触を思い出して瞳を閉じた。

――でも、閣下なら、こんないやらしい私だって受け入れてくれるかもしれない……。

そのとき、アメリアは背後からランドルフに抱き上げられた。一糸まとわぬ彼の肌と直に触れ合うだけで、頭がくらくらする。

「抱きあって温め合おう」

温め合うという発想がなかったので、アメリアは驚きつつも、いやらしい想像をしていた自分を恥じた。

「そ、そうでしたのね。それはいいアイディアですわ。遭難したとき、そうやって助かった方がいらっしゃるって聞いたことがありますもの」

ランドルフが半眼になって不服そうな様子だ。

「ここは雪山ではない。温まったら……子作りに入る」

何か崇高な儀式でもするかのように、ランドルフが下目遣いでそう告げてくる。実際、新たな生命を育もうとしているのだから崇高には違いない。

「は、はい」

アメリアが照れてうつむいていると、視界にマホガニー製のベッドが現れた。


ランドルフは、彼女を抱えたまま横向きでベッドになだれ込む。

アメリアの青い瞳には蠟燭の炎が揺らめいている。赤く小さな唇は半開きで白い歯が少し覗いていた。心の交流をするために領地に来たとはいえ、こんな官能的な表情を目前にして手を出さないことは不可能だ。そして、彼女の体は冷え切っていた。

「アメリア……温めてあげるよ」

ランドルフは両腕でアメリアを抱きしめる。形のいい乳房が彼の胸板に圧されて、むにっとやわらかな感触をもたらした。

「閣下、あ、ありがとう……ございます」

消え入るような声でアメリアが答えた。

——また閣下か……。

ランドルフは横向きのまま、彼女の頭上で溜息をついた。

——いつまで、こんな関係のままなのか。

そもそも悪いのはランドルフのほうだ。自分のことを好きでもない女性に子作りという大義名分を振りかざし、毎夜自身の欲望をぶつけている。

「アメリア……私のこと、少しでも好きになってくれたか？」

「え？　ええ⁉　好き……⁉　どうしてそんなことを……？」

——なんでこんなに動揺しているんだ？

「一番近くにいる女性を幸せにできないなんて……むなしいだろう？」

彼の胸に顔を預けていたアメリアが胸元から少し顔を離して上向いた。

「……私、幸せですよ？」

ぱちくりと不思議そうに開いた大きな目で見つめられ、ランドルフは面食らってしまう。

「そう……そうか。ならよかった」

彼の腕の中で、アメリアの小さな唇が弧を描いた。

少女のような笑みを浮かべる顔の下へと視線をずらせば、円く張り出した乳房がある。結婚式のとき男どもの視線がここに集中しているように思えて、肩の開いたドレスに賛同しなければばよかったと後悔したものだ。

――アメリアが私といて幸せということは……。

「つまり……こうされるのも好きということだな？」

ランドルフは彼女の背から腰へと指を這わせていく。こうしたら、アメリアが彼に引っついてくるのを見越してのことだ。実際、そうなって、彼女の乳房の弾力を胸板で直に感じることができた。

しかも、ランドルフを見つめるアメリアの瞳は快楽で蕩け始めている。

「今、ぞくぞくしているんだろう？」

「え……ど……どうして？」

アメリアが困ったように眉を下げ、体を小さくくねらせる。直に触れあっているからこそわかる動きだ。

「それはね、気持ちいいからだよ？」

「そ……そんなこと……ありま……あっ……りません」

そう答えながら、アメリアは途中でびくんと身を跳ねさせた。

――どう考えても感じているのに……。

「じゃ、なんで話し方が途切れ途切れになっているんだ？」

「くっ」

ランドルフは続きを聞きたくて鸚鵡《おうむ》返しで問う。

「く？」

「くすぐったいからです！」

そう言って、アメリアは、はぁはぁと胸を上下させた。

「そう……じゃ、ここもくすぐったい？」

ランドルフは、指を尻の谷間へと沈ませた。

すると、「あっ？」と、アメリアが驚いたような声を発した。何かに耐えるかのようにぎゅっと目を瞑《つぶ》り、肩を縮こまらせている。

――また体が硬くなった……。

だが、こんな反応は最初だけだ。彼女の体は敏感で、少し愛撫すれば、すぐにほぐされる。

ランドルフは手を更に谷間の奥へと沈め、彼女の花弁をかき分けて、蜜にあふれる秘密の入り口を指で捏ねた。

とたん、丸まっていた背が反り返る。その拍子に、太ももの間にたらりと蜜が垂れた。

「女性は気持ちいいと思うと、ここが濡れるそうだよ？」

「う……嘘……嘘です。私……あっ……き、気持ちいいなんて……思って……ません」

――本当にそうなら、普通にしゃべれるだろう？

ランドルフは、そんな問いかけが出かかって喉元で止めた。そんなふうに責めてもアメリアが余計、頑《かたく》なになるだけだ。

「でも体は温まってきたね？」

ランドルフは、彼女の尻を抱えるようにし、彼女のぬかるみに花開く襞の間に指を割り入れる。指を鉤《かぎ》状にして、くちゅくちゅと浅瀬をいじった。びくびくと尻が揺れ始める。

「気持ちいいんだろう？」

「な……なんでそんなことを……ふぁ……あ……」

「だって……ここがひくついて……そんなに甘い声を漏らして……ばればれだよ？」

快楽に落ちそうになっていたアメリアの目が見開かれた。何かショックを受けたような表情だ。ランドルフまで真顔になってしまう。彼女の秘所を嬲《なぶ》る指もいつしか止まっていた。

「ど、どうした？」

「ば、ばればれなんですか？」

アメリアが信じられないといったふうに聞いてくる。

「ああ。いつも体で反応してくれるだろう？」

――いい加減、気持ちいいと認めればいいのに……。

アメリアの中にはまだ、ランドルフを受け入れがたい何かがあるのだろうか。

「こ、声だけじゃないんですね？」

「それはそうだよ。普段の会話だって声だけじゃなく、表情で相手の気持ちを慮《おもんぱか》るだろう？」

「た……確かに……でも、それならなぜ、声が駄目って……い、いえ、なんでもありません。でも……ということは……」

アメリアがひとりで、ぶつぶつつぶやいて葛藤していたが、観念したような表情になる。

「つまり……ばれていたのですね」

地獄の底からみたいな呻《うめ》き声《ごえ》だった。

――空耳……ではないな。

アメリアの目が据わっている。

「もう、ごまかせません」

――一体何を？

ランドルフは、追い詰めてはいけないものを追い詰めたように感じて刮目した。

「うちの伯爵家は今でこそ貧乏ですが、歴史は長いんです」

話が唐突すぎて、意図が読み取れない。

「……知っているよ？」

「私だって、一応、伯爵令嬢なのに……！」

「今は公爵夫人だ」

「そう……そうなんです。だから、お願いです。公爵家にそぐわないというなら、気持ちよくい、なくしてくれないと困ります！」

「気持ちよくしてくれないと困る？」

アメリアの言い間違いかと思ってランドルフが確認すると、彼女が神妙な顔つきで彼の腕の中で小さく首を振る。

「気持ちよすぎてどうしても声が出るから、気持ちよくしないでほしいんです」

ランドルフは想像の斜め上をいく妻の願いに驚きすぎて、しばし固まってしまった。

──今、衝撃的な言葉があったような。

「待て。気持ちいいと思ってくれていた……ということか……？」

「せっかくいろいろと便宜を図ってくださっているのに、こんな痴女《ちじょ》でごめんなさい」

──痴女？

話が噛《か》み合っていないが、ランドルフは彼女の心がもうすぐで掴めそうな希望を感じていた。

ランドルフの反応を待たずにアメリアが堰を切ったように話し始める。

「今だって、自分の中にあなたの指を感じて、下肢が疼いて仕方がないんです。赤ちゃんみたいにお乳を吸われたら、いえ、残念ながらまだ妊娠の兆候がなく、お乳は出ないんですが、そうしたら、なぜか下肢からいやらしそうな汁まで出てくる始末です。でも、こんなふうにいじられたり、体にくちづけられたりしなければ、私、破廉恥《はれんち》にならずに済むと思うんです」

ランドルフは彼女の中から指を抜いて、背中に手を回し、アメリアを抱き寄せた。彼女のふわふわの頭髪に頬をすりすりとしてしまう。愛おしすぎて。

「いいんだよ。どんどん〝破廉恥〟なアメリアを見せてほしいな」

「いやです！」

アメリアにしては反応が早く、語気が強かった。

「どうして？　夫と睦《むつ》み合うのが気持ちいいなんて素敵なことじゃないか」

「いいんです。無理なさらないで……」

アメリアに悲しげな笑みを向けられ、ランドルフは理解に苦しむ。

――なんなんだ、この思い込みは。

「無理なんかしていない。気持ちいいって思ってもらえていたなんて……すごくうれしいよ」

「そ、それは……しょ、しょしょしょ娼婦として……ですよね」

娼婦という言葉に抵抗があるのか、どもりがすごい。

――そういうことか。

「妻としてだよ。馬鹿だな」

ランドルフは彼女の顎を取って上向けた。アメリアは絶望したように瞳を潤ませている。そんな憂いを含んだ表情はとてつもなく耽美的で、思わずランドルフが見惚《みと》れていると、アメリアがためらいがちにこんなことを言ってくる。

「気持ちよくて声を上げたり動いたりしたら……しょしょ娼婦扱いされるって聞きましたわ」

ランドルフは深い溜息をついた。

「もしかして……お義母様《かあ》がそんなことを言ったのか？」

「ええ。子作りにおける貴族女性の尊厳について講義を受けました。なのに私ってば……」

「講義？」

──もっともらしい理由で邪魔しやがって！

「だが、君は公爵家に嫁いだ。公爵家における妻の心得を伝授しよう」

「はい」

アメリアが大きな青い瞳をまっすぐに向けてくる。

──素直……！

あまりの可愛さに内心身悶えしながらも、ランドルフはなんとか真剣な表情を維持した。

「閨《ねや》でも本当の感情を隠さずにありのままで過ごすんだ」

アメリアが「ええ!?」と驚きの声を上げ、瞳をぱちぱちとさせた。

「で、でも、本当の感情がいやらしいものだったら？　きっと落胆なさいます」

──なんだそれ、大歓迎なんだが。

「そもそも、気持ちいいと思う心は自然な感情であって、いやらしくなんかないんだよ」

「自然？　もしかして、最近の絵画の潮流と同じ……ですか？」

アメリアの瞳に希望の色が灯った。

ランドルフはこの路線で講義をすることに決める。

「そうだ。絵画だって、母が子に愛情を掛けたり授乳したりが描かれるようになったのはここ十年のことだ。それは男女においても同じこと。妻が感情や声を我慢してお人形のように振る舞う時代は終わったんだよ。アメリア、自然に帰れ」

ランドルフがしたり顔で告げたにもかかわらず、アメリアは真に受けて目を輝かせている。

――可愛すぎだろう！

ランドルフは、その小さな唇に食らいついた。


アメリアは彼の舌を頬張《ほおば》りながら、感動に打ち震えていた。

彼女は自邸に掛かっている絵画に違和感を覚えていた。まるで人形のような人間。美しいだけの風景。そうではなくて、アメリアは風景をあるがままに絵にしたかったし、画布の上で表現してきたつもりだ。

美術館で見た最新の絵画の中には、彼女が理想とする飾らない作風のものが多くあり、アメリアは自身の画風が変ではないことがわかって孤独から解放された。

そして今、アメリアの気持ちいいという感情だって、ありのままに表していいものなのだ。

彼女の心の画布に、ランドルフの瞳のように鮮やかな緑色のハチクイが無数に飛び立つ。ハチクイがいなくなったと思ったら目の前にランドルフの緑眼が現れた。

唇が離れても、アメリアは口を開けたまま、エメラルドグリーンの瞳に釘付《くぎづ》けになっていた。

「アメリア……わかるだろう？」

何か硬いものが彼女の太ももに当たっている。これが子作りのサインだということはさすがにアメリアも理解していた。

「はい」

「変に自分を作らず、ありのままだよ？　君の絵画のように」

「は……はい！」

アメリアは感動のあまり小さく震える。だが、それは、もしかしたら、これからもたらされるであろう快楽の予感に震えていたのかもしれない。

ランドルフが横臥《おうが》のまま、彼女の脚の間に脚を突っ込んでくる。大腿で太ももの付け根をぬるぬるとすりつけてきた。それと同時に彼の切っ先がお腹をぐりぐりと押してくる。

「あっ……あ……閣下……かっかぁ」

「アメリア……ランドルフと呼んでくれないか」

アメリアは今なら呼べるような気がした。心も体も重なりあった今なら——。

「ラ……ランドルフ……」

アメリアは彼の肩に手を置いた。厚みがあり、たくましい。

「アメリア」

愛おしそうにアメリアを見つめるランドルフの顔が近づいてくる。重なるだけのくちづけ。そして、彼の唇が頬に移り、耳朶を舐《な》め回し、やがて舌が首筋をたどっていく。

「あ……んっ……ランドル……フ……」

アメリアは彼女の秘所をさする大腿に、知らず知らずに自身の脚をすりつける。黄金の脛毛が猫毛のようで心地よい。

ランドルフが乳暈を歯を立てずに食み、乳頭を舌でしごく。その間、もう片方の乳首は彼の指先で捏ねられていた。

「あ……ラン……ドルフ……ランド……ぁあ……んっ」

アメリアは口を開けっ放しにして、びくびくと背を揺らす。

ランドルフが乳首を舐《ねぶ》りながら、彼女の片脚がまとわりついた大腿を掲げ、彼の滾《たぎ》った剛直を横から太ももの間に、ぬるりと差し込んでくる。

膨張し、硬くなった剛直で花弁をすりすりと撫でられていると、アメリアは喘ぎ声が止まらなくなってしまう。

「ふぁ……い……気持ち……いぃ……あぁ」

欲望を押さえるのをやめたことで、今までとは比べものにならない圧倒的な快楽がアメリアに襲いくる。腹の奥底からこみ上げる甘い愉悦にアメリアは体の芯から揺さぶられた。

「アメリア……子作りなんて野暮な言葉はもうやめだ。ひとつになるよ？」

「ふぁ……」

はいと答えようとしたが、声になる前に、彼の熱杭でずぶりと突き上げられる。

横向きのまま、乳首を指先でもてあそびながら、ランドルフが少し退《ひ》いてはぐっと奥まで貫いてくる。

「アメリア……からみつくようだよ」

「んっ……んぁ……ラン、ランドルフ……」

アメリアは彼にしがみつき、腰をぶつけられるたびに、びくんと大きく背を反らせた。繰り返していくうちに、横向きだった上体は仰向けになっていく。ランドルフが上体を起こし、アメリアの片脚を持ち上げたので、彼女の背が後ろに倒れた。

彼がアメリアの細い足首を掴んで掲げ、更に奥まで密着したいとばかりに腰をずんと押しつけてきた。

さっきまでと違う角度で、しかも最奥まで穿たれ、アメリアの中に新たな快楽が湧き上がる。

ランドルフが手を伸ばし、両の乳首をぐりぐりといじってくるものだから、アメリアは「ふ……ふぁ……」と寝ぼけたような声で喘ぎながら、敷布を掴んで頭頂をベッドにこすりつけた。

「アメリア……すごい、こんなにうねって……」

恥ずかしいことを言われても、アメリアは絶頂に向けて昇っていて、それどころではない。

「あ……あぁ……あっ……ランド……ランドルフ……あぁ」

ランドルフは彼女の両太ももを掴んで広げて間に入り込み、何度も奥までぐっぐっと突く。出し入れするたびに揺れるふたつのふくらみ。その輪郭を掴んで盛り上げるように揉んだ。

「……ぁ……もう……駄目ぇ……！」

ランドルフにはわかっている、これは以前の拒否とは違う。気持ちよすぎて限界まで達しているということだ。それをいうならランドルフとて同じで、今にも爆ぜてしまいそうである。

「アメリア……君はどこもかしこもやわらかくて、温かい……」

ランドルフは半開きの小さな唇を覆うようにくちづけると抽挿の速度を上げた。

「あっあっ……へ、変、へん……どこかに行っちゃう……だ……めぇ……」

「いっしょに達《い》こう、アメリア」

ランドルフはつんと突き出た蕾に当たるぐらいに前傾して、激しく出し入れした。そのたびに乳首がこすれるのが気持ちいいらしく、アメリアが子猫のような高い声で啼いている。

ランドルフは上背があるのでアメリアの顔こそ見えないが、その可愛らしい声を耳にし、胸のやわらかな感触を肌で直に感じ、彼自身を更にふくらませてしまう。すると彼女の蜜襞が今までになく、ぎゅうぎゅうとまとわりついてくる。

「あっあぁ！」

アメリアが驚いたように口を開け、びくびくと全身を痙攣させた。

「アメリア……すぐあげるから」

圧倒的な密着感の中、ランドルフは持てる欲望の全てをアメリアに注ぎ込む。アメリアが吸い取るように彼の猛りをからめ取り、やがて彼女の体から力が抜けていく。

「……くっ……アメ……リア」

境地を迎えても、ランドルフはアメリアに圧《の》しかかったりせず、前腕と膝で自身の体を支えていた。でないとこの華奢《きゃしゃ》でやわらかな生き物を壊してしまいそうだ。

ランドルフは自身の顔も体も今までになく熱くなっているのを感じていた。その証拠に顎から汗がぽたりと落ちる。しばらく息を整えたのち、ランドルフはアメリアの隣に、どさりと体を倒す。

そのとき急にランドルフを不安が襲った。

――なんてことだ！　アメリアが愛おしくてしょうがない。

もう、認めざるを得ない。ランドルフはアメリアを愛しているのだ。

翌朝、アメリアが起き上がると、隣に美しい寝顔があった。整った顔立ちの周りを黄金の髪の毛が彩る。目を閉じているので、長い睫毛がきれいに並んでいるのがわかる。

裸のままだったので、アメリアがベッドから下りようとしたところ、後ろから手を引っ張られて、ベッドに仰向けに倒された。

「おはよう、アメリア」

明るい光を受けてきらめく緑眼を細めながら、ランドルフが彼女の両脇に手を突く。彼の顔が真上に来た。

「お……おはようございます。ラ、ラン、ランドルフ」

呼び捨てだなんて馴れ馴れしくて、どぎまぎしながらアメリアがそう答えると、ランドルフが満足げにうなずいた。

「昨晩は本音を聞けて、よかった」

「ほ、本当に？　こんな痴女でもいいのですか？　で、でも抱いてもらわないと、子どもを産んでさしあげられないから……」

――もし、私みたいな女から生まれた子どもでも跡継ぎにしてくれるなら、の話だけど……。

ランドルフが頬にキスをくれた。彼のさらさらの金髪が彼女の顔を撫でていく。

「子どもなんていいんだ」

「え？」

――どういうこと？

「あんなのは口実」

「……あっ」

ランドルフが片方の乳房を大きな手で覆ってくるものだから、アメリアは声を漏らした。

「そうだ。そうやって反応して……昨日は気持ちよかった？」

彼の瞳が半ば閉じられ、黄金の睫毛が掛かる。この表情は崇高な感じがして好きだ。その眼差しに操られるかのように、アメリアは「はい」と答える。

「私もだ」

――ランドルフも気持ちよく思ってくれたなんて……。

「また私と気持ちよくなりたい？」

「は……はい」

「そう……じゃ、もう一回」

ランドルフが顎の下に顔を埋《うず》めてくるので、アメリアは驚いた。

「ええ!?　今ですか？」

こんな明るい中でなんて恥ずかしすぎる。

「私と気持ちよくなりたくないのか？」

陶然と細まった双眸で問われ、アメリアは「なりたい……です」としか答えられなかった。彼のこの目つきには抗《あらが》えそうにない。

「素直でよろしい」

結局、アメリアは明るい光の中、「きれいだ」と、体中を愛撫され、朝食の前に二度も絶頂を迎える羽目になったのだった。

第五章　恋とはどんなものかしら？

ランドルフが自邸で芸術家を招くサロンを開くという。

こういう催しは一般的に女主人が仕切るものである。実家でも客が来訪するときは、義母が使用人たちに指示を出していた。

アメリアは、妻らしいことも少しはしないと、と思い、何か手伝えることはないかとランドルフに申し出たが、「侍従長の仕事を奪ってはいけないよ？」という一言で終わった。

彼は独身時代が長かったのでこの邸は妻がいなくても回るようになっているのだ。そんなわけで、アメリアは、いつものように絵を描いているうちに開催日を迎えることとなる。

当日はさすがに、来客を迎えるために、アメリアはランドルフとともにエントランスホールへと出た。

ランドルフは軍服ではなくフロックコート姿。アメリアは、舞踏会のように肩の開いたドレスではなく、首回りにレースの付いた、ライラック柄のモスリンのドレスを着用していた。

ランドルフから、肩の開いたドレスはほかの男がいるところでは着てほしくないとはっきり言われたこともあり、最近、新調するドレスは首元まで覆われたものばかりだ。アメリアはもともと、胸の谷間が見えるドレスを恥ずかしいと思う性質《たち》なのでありがたかった。

　時間が近づくと、エントランス前の車回しに次々と馬車が着いて招待客が降りてくる。芸術に造詣の深い貴族も招かれていたが、ほとんどが画家や彫刻家、音楽家、詩人などで、アメリアが会ったことのない芸術家たちばかりだった。

　ランドルフが、エントランスホールに飾ってある、アメリアが亡き母を描いた肖像画を指差しては、妻が描いたと自慢げに話すものだから、アメリアはそのたびに狼狽《うろた》える羽目になる。

　アメリアが絵を描くことを招待客には内緒にしてほしいとランドルフにお願いしても、聞き入れてはもらえず、その後も妻の絵について誇らしげに語るのをやめなかった。

　そんなとき、口髭《くちひげ》を生やした五十歳前後と思《おぼ》しき男性が現れた。

「初めまして。画家のブラッド・アクランドと申します」

　ランドルフの肖像画を描いた画家である。高名なのはもちろんだが、このエッガーランド王国の肖像画の在り方に革命を起こした人物でもある。彼によって、モデルの人となりそのものを描写することや、日常を切り取った自然な肖像画がよしとされるようになった。

　彼が参加することは、ランドルフから聞いていたとはいえ、アメリアは、いざ目の前にすると緊張してしまう。

「アメリア」

アメリアが呆然《ぼうぜん》と立ちつくしていたので、ランドルフに肘でつつかれる。

「あ……えっと……公爵閣下の十四歳の肖像画、素晴らしかったです。少年の決意まで伝わってくるようでした」

アクランドが目を丸くしたので、アメリアは自分が挨拶していないことに気づく。

しかも、ランドルフに「公爵閣下って、君は公爵夫人だろう?」と笑いを含んだ声で耳打ちされてしまう。

「わ、私は、ウィンスレット公爵夫人、アメリア・ブラッドフォードと申します」

改めてそう言うと、アクランドが破顔した。

「公爵閣下の肖像画は私の代表作のひとつにもなっていて、私自身、大変気に入っております。それはやはり……」

と、ここまで言いかけて、アクランドはランドルフを見上げた。

「モデルが素晴らしかったということに尽きます」

ランドルフが浅く笑う。

「ご謙遜を。妻も絵を描くので、いろいろと相談に乗っていただきたい」

「ほう、どのような絵をお描きになられるのでしょうか?」

ランドルフが待ってましたとばかりに、階段脇に掛けてある、アメリアが亡き母を描いた肖像画を指差した。

──また始まったわ。

ランドルフときたら、高名な画家相手にもこれである。アメリアは穴があったら入りたいような気になって縮こまった。

「これは……趣味の範疇《はんちゅう》を軽々と超えていらっしゃいますね。まさか、こんなすごい才能の持ち主が公爵夫人でいらっしゃいますとは！」

感心したような顔でアクランドがアメリアを見る。パトロンである公爵の前では、夫人を褒めないわけにはいかないのだろう。

更には、ランドルフがアクランドにこんなことを言い出す。

「才能を伸ばすために、妻に助言をいただけるかな？」

「ええ。私でよろしければ、もちろんです」

──えええ？

アメリアが再び固まっていると、ランドルフが耳打ちしてきた。

「技法などで知りたいこともあるだろう。聞いてみたら？」

「そ、そんなこと……」

──絵画の天才に教えを乞うなんて、そんなこと……。

「聞きたい……聞きたいです」

ランドルフが朗らかな笑みを浮かべる。

「ほら、決まった。応接の間《ま》に続く部屋に、画架を持ってこさせよう」

「は、はい。ありがとうございます」

招待客が揃《そろ》ったので、ランドルフはアメリアとともに応接の間《ま》に入った。

軍服姿の者はいない。そして夫人たちは王宮舞踏会のように肩の開いた白いドレスばかりではなく、色とりどりの個性のあるドレスを身に纏っていた。

応接の間《ま》では、長椅子に座って歓談する者、立ち話をする者、皆それぞれに楽しんでいる。

ハープ奏者の奏でる透き通るような音が、そよ風のように部屋中に運ばれていく。

——なんて素敵な空間かしら……。

アメリアが感動していると、侍従がやって来て「画架の準備ができました」と告げてきた。

応接の間《ま》と繋がっている談話室に入り、アメリアは見てもらいたい絵を画架に載せる。すると、アクランドが入ってきた。

「これは……レヴィンズ公園ですね？」

「ええ、そうなんです。この池のところなんですけれど……」

水面に映る光の描き方について、アメリアは尋ねる。

「もしできれば、絵筆をお借りできますか？」

アメリアはどきどきしながら、自分の絵筆とパレットを差し出した。

——あのアクランドが私の筆で……！

アクランドは立ったまま、ステップを踏むように画布に白を跳ねさせる。

「私はこんなふうに筆を使っています」

「まあ、こんな使い方が……！」

アメリアは原画を観察することで技法を推測してきたので、誰かに教えてもらうというのは新鮮な体験だった。

「あと、先日、夫の肖像画を見ていて、どういうふうに描いてらっしゃるのかわからないところがありまして……」

「白い画布があると説明しやすいかもしれません」

侍従が気を利かせて、画架と椅子をもうひとつ持ってきて、新しい画布を置いてくれた。アクランドが画架の前に腰を下ろす。

――アクランドが私の横で、画布に向かっていらっしゃるわ……！

アメリアは恥ずかしいやらうれしいやらで胸を高鳴らせ、アクランドの筆さばきを見ながら解説を聞いていた。

「早速、教えてもらっているのか」

ランドルフの声で、アメリアはやっと気づいた。いつの間にか、見物人数人に囲まれている。中には著名な画家もいた。

「え……ええ」

――公衆の面前で、自分の絵を晒《さら》してしまったわ……！

アメリアは自分の描いた絵を抱えて逃走したいような衝動を抑えながら立ち上がった。

「アメリア、紹介したい方がいるんだが、今、いいかな？」

「あ、はい」

アメリアが名残惜しそうにアクランドのほうを見ると、アクランドも椅子から腰を上げた。

「私でよければ、わからないことがあればいつでも聞いてください」

「アクランド先生、ありがとうございます。今日はすごく勉強になりましたわ」

どちらともなく、二人は自然と握手を交わしていた。

「アメリア、こちらにいらっしゃい」

ランドルフが社交的な笑みを浮かべている。アメリアは彼の肘に手を掛け、ともに応接の間《ま》へと戻った。サロンがお開きになったあと、何を言われるかも知らずに――。


主要な客が帰ると、アメリアはランドルフに連れられて、美しい彫刻が施されたオークの欄干のある階段を上り、生活の場である階上へと移る。

「ランドルフ、今日は素敵な会をありがとうございます。アクランド先生が親切に教えてくださって……全てランドルフのおかげです。今まで独学だったから、とても勉強になりました」

回廊を歩きながら、アメリアは興奮のあまり、いつになく饒舌《じょうぜつ》になっていた。

「そう、それはよかった」

ランドルフが笑顔を浮かべたが、心が入っていないように感じられる。

侍従がアメリアの居室の扉を開けると、ランドルフも入ってきた。ここまではいつもと同じだが、今日はなぜか、手を少し掲げて揺らし、人払いをしている。それを受けて使用人たちが部屋から出て行き、アメリアはランドルフと二人きりになった。

ランドルフは、小花柄の布地が張られた黄金の長椅子に腰を下ろし、アメリアに視線を向けて、自身の大腿をぽんぽんと敲《たた》いた。

――なぜ無言なのかしら？

「お膝に座っていいのですか？」

「ああ。もちろん」

ランドルフが腕を左右に広げた。ランドルフのことだから座るだけで済むわけがないと思いつつ、アメリアは彼の膝におずおずと腰を下ろした。

――きっとすぐに胸を……。

と思ったら違った。ランドルフが背後から手を伸ばした先は胸でなく右腕だった。両手を使って白い絹の長手袋《ロンググローブ》を脱がしにかかる。

「長手袋をしていてよかったよ」

「え？」

ランドルフが、取り去った長手袋を床に放った。

「私以外の男に無防備に手を差し出してはいけないよ？」

――握手のこと？

「マナー違反だったのですね。私、そういうことに疎くて……ごめんなさい」

ランドルフは次に左腕の長手袋に指を突っ込み、剥《は》がしていく。

「マナー？　男女の間にマナーなんてないさ」

「では、なぜ、長手袋を脱がしているのです？」

「ほかの男の臭いがする」

「臭い？　どうしてそんな言い方を？　素晴らしい肖像画を生み出した手ですよ？」

「そうか。そういえば私の求婚を受けたのは、サロンでアクランドに会えると知ってからだったよな？　そんなに好きか。肩寄せて顔を赤らめて……有名画家と結婚したかったのか？」

左腕からも長手袋を引っこ抜かれた。

――嘘でしょう⁉

ここまで言われると、鈍感なアメリアにもわかる。信じられないことに〝鋼の美神〟が髭の五十男に嫉妬しているのだ。

「そ、そんなわけでは……。憧れの画家に教えてもらえるなんて思ってもいなくて……ただ、それだけで……あっ」

ランドルフが背後から、ガッと両方の乳房を掴んだ。モスリン地の上から揉んでくる。いつになく動きが激しい。しかも、痕が残りそうなくらい強く首元に唇を押しつけてくる。

――ここはスカーフを巻かないとごまかせないわ……。

「たとえ憧れが恋に変わったとしても、私は君を手放さないよ?」

アメリアだって手放してほしくない。握手ぐらいで嫉妬をしているなんて信じられない。

「そ……そんなわけ……な……あぁ」

ランドルフが背中のホックを外し、一気に肩口をずり下げる。ふるりと飛び出した乳房は夕陽で朱に染まっていた。彼がふたつの乳首を指でつまんでくる。

「あっあ……あっ」

アメリアは目を瞑り、いつもより少し乱暴に尖りを引っ張られるたびに何度も首を傾げた。

ランドルフが自身の前釦を外し、アメリアのスカートを片手でめくりあげる。すでに硬くなっている彼の性が跳ねあがって彼女の太ももに当たった。ランドルフが彼女の脚の間に膝を差し入れて両脚を開き、中指を蜜源へ、ぷちゅりと潜り込ませる。

「ふ……あぁ!」

アメリアがとっさに腰を引いたことで、彼の長い指は一旦、浅瀬に戻ったが、再び、ずぶずぶと彼女の最奥を目指して沈んでいき、指の根元にぶつかると、今度は親指で蜜芽を撫でてくる。しかもその間も彼の片手は乳房をいつになく荒々しく揉んでいた。

彼の手が乳首にこすれるたびに、アメリアは、とてつもない愉悦に襲われる。

「あっ……あぁ……ふぁ……あん……んっ……あっ」

もう、アメリアは口を開けっ放しにして、滴りと嬌声を垂らし続けることしかできない。

「アメリア……君の肌は吸いつくようで……全て私のものだ。誰にも触らせたくない」

「そ……そんな……ことっ……」

舞踏会で夫以外と踊らないわけにはいかない。ランドルフが言うことは無茶《むちゃ》な願いである。

だが、彼の独占欲は耳に心地よく、アメリアの心をますます昂らせていく。

ランドルフが指を二本に増やして抜き差しを始めた。そのたびにじゅっちゅっと淫らな水音が響き、アメリアは彼の指をうねるように包み込んでしまう。

「あっ……ランドル……フ……あっ……私……」

「まだだ。このぐらいで達してはいけないよ」

アメリアが果てそうになったところを、ランドルフにぐいっと引っ張り上げられ、気づいたらアメリアは長椅子の背もたれを掴んで尻を突き出す姿勢になっていた。

奇妙なポーズにアメリアが戸惑っていると、ランドルフが背後に回り込み、ドレスを引き下げる。更に下着をはずしてきた。

「こ、こんなところで……？」

あっという間に、アメリアは一糸纏わぬ姿となった。

「どこにいても君は私のものだ」

ランドルフが腰にくちづけた。更に下へ下へと舌を這わせ、臀部にも舐めるようなキスを無数に落としてくる。

「……へ、変よ、……そんな……と、こっ……！」

「変じゃない……とても、美しいよ」

生温かくぬめった感触が太ももを這っていく。アメリアは「あう……」と呻いて、びくんと背を反らせる。背もたれを掴む手に力がこもり、腕が小さく震える。

彼の舌が膝裏までたどり着くと、片脚を掴まれて脚を広げられる。臀部を突き出したような卑《ひ》猥《わい》な格好をさせられているというのに、濡れた内ももが外気に当たると、ぞくぞくと甘い痺れがアメリアの全身に広がっていく。

そのとき、脚の間にランドルフの頭が侵入してきて、アメリアと座面の間に入り込んできた。

「んっ」

垂れたふたつの乳房の尖端を指で掠めるように撫でてくる。

「ふぁ……あん……あっ」

「こんなふうに触れるか触れないかぐらいなほうが、アメリアは感じるんだよ？」

まるで彼だけがそれを知っていることを誇示するかのようだ。

──今までもこれからもランドルフ以外に触れられることなんて、ありもしないのに……！

だが、そんなことを口にする余裕はない。腹部の下にランドルフの顔があり、ここで倒れて潰すわけにもいかず、必死で背もたれを掴んで遠吠《とおぼ》えのような格好で啼くことしかできない。

「きゃっ！」

今度は臍《へそ》に生温かいものが触れた。彼が舌を入れてきたのだ。舌はその窪《くぼ》みから抜け出ると、更に下がっていく。さっきから疼いている下腹部の熱は増していく一方だ。

やがて、彼の舌が淡い草叢《くさむら》の中に芽吹いた敏感な突起を探し出す。

ついに立っていられなくなり、がくんとアメリアは崩れたが、ランドルフが支えたので、彼の上に落ちることはなかった。ランドルフが容赦なく蜜芽を舌先でつつくように撫でてくるものだから、アメリアは脚を戦慄《わなな》かせた。

「へ……へん……」

「変になりそうなのか？」

その声は喜びを含んでいた。

「ち……ちが……変態……ラン……変態」

途切れ途切れに失礼なことを言われ、ランドルフは憮然となる。

「これが変態的なら、さっきからかなり感じている君も変態ということになるよ？」

「い、いいえ……」

「違う？　そんなことはないだろう？」

ランドルフは、こうなったら徹底的にアメリアを快楽に堕としてやると決意し、顔の位置を下げる。舌で彼女の花弁をかき分け、蜜をしとどに垂らす蜜口へと舌を突き上げた。

びくんと、腰が跳ね上がったために一旦、舌が離れる。

――いい反応だ。

ランドルフは彼女の細腰を掴んで逃さないようにしてから蜜源を舐め上げてすする。わざと淫猥な音を立てた。

「駄目……そんなとこ……へ、へん……たい……あ……でも、気持ちぃぃ……」

アメリアは娼婦扱いされないとわかったら、自身の欲望を口に出してくれるようになった。それがランドルフにとって、たまらなくうれしい。

「ということはこれが気持ちいいアメリアも変態だね？　私以外とはもう無理だよ？」

アメリアは今日、髭の画家と肩が触れるくらいの近さで、興奮のあまり頬を紅潮させて語り合っていた。

――あんな色っぽい表情を見せていいのは、私にだけだ。

「そんな、ランドルフ以外……絶対、無理ぃ……あっ……もう……おっ……お願い」

アメリアが、さっきから物欲しそうに尻をびくびくと上下させている。

――なんて可愛いんだ。

　これ以上焦らすのは、どのみちランドルフのほうも無理である。

　ランドルフは彼女の下から這《は》い出《で》るとすぐに立ち上がり、彼の滾った雄を、まろみのある尻の谷間にずぶりと突き刺した。あふれる蜜に誘われ、一気に最奥まで滑り込む。彼女の中は彼自身を待ちかねていたようで、ひくひくと悦《よろこ》び、痙攣して迎えてくれている。

　――まずい。気持ちよすぎる……。

　ランドルフは彼女の細腰を掴んで、背後から少し退《ひ》いては思いっきり腰をぶつけた。そのたびに彼女の弾力ある尻に当たり、この感触がまたえもいわれぬ恍惚をもたらす。

「アメリア……もうすぐ……」

「あ、ああっ！」

　アメリアが一足先に達して崩れ落ちそうになったところを、ランドルフは腋を支えて引き上げ、中で彼の欲望をぶちまけた。

　――アメリア、君は、ずっと私といっしょにいてくれるんだろう？

　毎夜、夫に蕩かされる日々の中、アメリアは肖像画を描くために王太子妃ヘルガの居室を訪れていた。黄金がふんだんに使われた壮麗な部屋ではあるが、豪華な装飾なら公爵邸で見慣れていたので、アメリアは気後れせずに済んだ。

結い上げた頭髪を薄桃色の花型アクセサリーで飾った美貌の王太子妃が、お気に入りの横長のソファーに座っている。

ソファーはロータスピンクでドレスは白。ソファーもドレスも金糸の細かい刺繍が入っているだけで、ほかの家具のように黄金の主張が激しくなく、アメリアはいい肖像画が描けるような気がした。

そのソファーは片側にだけひじ掛けがあり、ヘルガに、そこに寄り掛かってもらえないかとアメリアが頼むと、快諾してもらえた。

——まさか王太子妃殿下の肖像画を描かせていただけるなんて……！

高名な画家しか叶《かな》わない栄誉である。

とはいえ、これは公爵のコネだ。だが、その最愛の夫は絵画の目利きで妻の才能を高く評価してくれている。彼の期待に応えるためにも、アメリアは全身全霊を懸けて描くつもりだ。

そんな気負いを知ってか知らずか、ヘルガが気さくに話しかけてくれた。

「私、殿下に、浮気したら国に帰るって言っているのよ。今のところ大丈夫……かな？」

「妃殿下のようなお美しい方がいらして、ほかの女性に目が行くはずもございませんわ」

王太子妃が外国訛《なま》りでゆっくりと話すせいか、アメリアは緊張せず普通に会話できた。

——妃殿下のこんな愛らしい雰囲気も絵ですくい取りたいわ。

「まあ。アメリア、お上手だこと。あなたこそ結婚して、ますますお美しくなったわ。でも、ウィンスレット公はかっこよくてもてるから心配よね?」

「え、ええ。確かに……心配ですわ」

――まだ、なぜ私が選ばれたのか、理解できないぐらいだもの。

ヘルガが身を乗り出した。横のひじ掛けに全体重を掛けていてほしかったが、アメリアは希望を口にしない。

「ねえ、アメリア、ご存知?　男性って浮気すると、急に妻に優しくなるそうよ」

「まあ……逆だと思っていましたわ」

最初から優しいランドルフのような男性の場合はどう判断したらいいものか。

すると、ヘルガが扇を広げて、クスッと小さく笑う。

――ああ～!　扇は閉じたままで……!

画家としてはそう思うが、興味のある話題なので、おしゃべりを続けてほしくて指摘しなかった。

「ウィンスレット公のことだから、いつもアメリアに優しいのでしょう?」

「え、ええ」

アメリアは頬が熱くなるのを感じる。

「可愛い方。公爵が夢中になるのも納得だわ」

「そ、そんな私に夢中だなんて……」

と言いかけたところで、侍女が「王太子殿下がお越しです」と告げてきた。

「あら、早速、殿下が視察にいらしたわ」

ヘルガが冗談めかしてそう言うと、王太子コンラッドが侍従も連れずに現れる。

アメリアは慌てて立ち上がった。

「画家アメリアのデビューと聞いてね。どれどれ」

しかも、アメリアの画布を覗いてくるではないか。まだ薄茶で主線を描いているだけだ。

「こんな感じの構図で……よろしかったでしょうか」

アメリアがコンラッドの顔色を窺うと、彼が屈託なく笑った。

「ヘルガを幸せそうに描いてくれればそれでいいよ」

「実際、王太子妃殿下はお幸せそうだから、そのようにしか描けませんわ」

アメリアの返事に、「まあ」と、ヘルガが目を細め、二人が笑い始める。

コンラッドがヘルガの横に座って、アメリアに視線を合わせた。

「ランドルフが最近、明るくなった。アメリア、君のおかげだ」

――王太子殿下は本当にランドルフと親しいのだわ。

「そ、そんな……私こそとてもよくしていただいていますわ」

「まあ、妬《や》けますこと」

王太子夫妻が見つめ合って笑っている。

――ランドルフの周りはなんて温かいのかしら。

アメリアは今まで自分が置かれた環境について幸不幸など考えたことがなかったが、こんな幸せな空間がこの世に存在するなんて思ってもいなかった。

その日、ランドルフも王宮に用があったので、帰りは同じ馬車で帰宅することとなる。

「画家デビューは、どうだった？」

アメリアは馬車の中でランドルフにそう問われた。

――社交に苦手意識のある私を心配してくれているのね。

「妃殿下はとても気さくで、途中、王太子殿下がいらっしゃってからは三人でお話ししながら、楽しく絵を描けましたわ」

「そう。楽しかったなら、それが何よりだ」

ランドルフが穏やかな笑みを浮かべ、アメリアの肩を引き寄せる。アメリアは彼の胸に頭を預けた。こうすると世の中に不安なことなんて何もないように思えた。

そんなある日の午前中、侍女が画商の訪問を教えてくれたので、アメリアは挨拶だけでもしたいと、エントランスホールまで出て行った。

「初めまして。私がウィンスレット公爵……夫人のアメリアです」

——まだ公爵夫人と言うことに慣れないわ……。

「おお、あなた様が！　初めまして。私は公爵閣下と懇意にさせていただいております画商のバーナード・オースティンと申します」

オースティンはその巨体を揺らしながら片手を胸に当て、もう片方の手を広げる丁重な挨拶をした。見るからに陽気な印象だ。

だから、初対面の人と話すのが苦手なアメリアでも話しやすかった。

「この絵画は私が見てもいいのでしょうか？」

ランドルフは優しいから、アメリアが勝手に見ても怒ったりはしない。

「ええ。もちろんですよ。だって、これはアメリア様が描かれたものなのですから」

「……私が？」

公爵邸に持ち込んだ荷物の中に、ランドルフが気に入る絵画があったのだろうか。

——ランドルフを盗み見て描いた絵はばれてないわよね……。

そんなアメリアの不安をよそに、オースティンが絵画を抱える従者に指示して、絵を開梱《かいこん》させる。包装から取り出して従者が掲げたのは意外にも、アメリアが一年ほど前に描いた絵だった。故郷の山稜を背景に愛猫が佇《たたず》む夕暮れの絵——。

あまりに意外で、アメリアが絶句していると、オースティンがにこやかに両頬を上げた。

「こちら、チャリティーにお出しになったでしょう？」

「え、ええ。そうなんです。うまく描けたので、これなら買ってくださる方がいるのではないかと、思い切って出したのですが、オースティン様が教会にご寄付くださったのですか？」

オースティンは腹を抱えておかしそうに笑った。

「残念ながら、教会で絵画を購入した者は私に何十倍もの高い値段をふっかけてきましたよ」

「ま、まあ！　よくお買いになりましたね？」

「いえ、それでも安かったと思っています。この絵は、特に夕陽を受けて朱に染まる雲の描き方が出色です」

絵画を扱う商売をしている者に、こんなふうに褒めてもらえると思っていなかったので、アメリアはうれしくて顔が熱くなってきた。両頬を手で覆う。

その反応がうれしかったらしく、オースティンが饒舌になった。

「公爵閣下が私の画廊でたまたまご覧になりましてね。いたく感銘を受けて、この画家を支援するとおっしゃったんですよ」

――最初から私の絵画を認めてくれていたのね……。

彼女の心の画布は晴れ渡る空。そこに虹が掛かったときだった。

「女性画家への支援は確かに結婚が一番かもしれませんね」

「え？」

その瞬間、虹が消えた。

「あ、いえもちろん、アメリア様の外見や心の美しさが一番の理由だと思います。長年独身を貫いてきた公爵閣下が奥様にご執心という噂《うわさ》は、我々下々の者にまで届いておりますから！」

まずいと思ったのか、オースティンがまくしたてるようにそう言ってくる。

「いえ……そんな……」

アメリアの手は頬から離れて、力なくぶらんと下がった。

——やっぱり変だと思ったわ。

五年前のアメリアを見て結婚しようなどとは誰も思わない。この結婚は、芸術支援の一環だったのだ。名画を蒐集《しゅうしゅう》するのと同じ——。

そして、ランドルフは優しいから、物ではなく、生きている女としてのアメリアに気を使って愛情を掛けてくれた。

『好きなものができてよかった』

——あれは、画家が描く題材を広げるため？

アメリアは確かに好きなものが増えた。アメリアはランドルフが好きだ。だから、ランドルフを描きたい。

——そういえば、彼、私のことを愛しているなんて一回も言ってくれたこと、ないわ……。

それがランドルフの誠実さなのかもしれない。

「……というわけで、絵画展などの折は尽力いたしますので、お声がけくださいませ」

オースティンが従者を連れて、そそくさと去って行った。

アメリアは、なぜショックを受けているのかと自問する。絵の才能を見込まれてのことなのだから喜ぶべきだ。ショックを受けるなんておかしい。

──描かないと……。

ランドルフが連れて行ってくれた、レヴィンズ公園も海が見える景色も描きかけのままである。風光明媚《ふうこうめいび》な場所に案内され、それを描ける恵まれた環境にいたというのに何をしていたのかと、アメリアは臍《ほぞ》を噛む。

──公園なら自分でも行けるわ。

アメリアがレヴィンズ公園に行きたいと告げると、侍女のエイダが意外なことを聞いてくる。

「公爵閣下と待ち合わせされていらっしゃるのですか？」

「え？　ランドルフが公園に……？」

「ご存知ではありませんでしたか？」

「……ええ」

夫の日々の予定すら把握していないなんて妻失格のようで、アメリアは恥ずかしくなる。

「もしかしたら、お会いできるかもしれませんね？」

「そ、そうね」

今更、行くのをやめるとも言えず、アメリアは侍従に画架を持ってもらって出かけることにした。馬車で一人で公園まで行くのも騎馬兵に警護されるのも、あのときと同じである。ただ、公園の前にランドルフの馬車はなかった。公園に来ているとしても停車場に停めていることだろう。

アメリアは侍女エイダと、画架を運んでくれる侍従とともに馬車を降りた。

――ランドルフと出くわしませんように。

そう願う一方で、夫に会いたいとも思ってしまう。アメリアは一直線にベンチに向かいながらも瞳はランドルフを探していた。

やがて池の向こうにいるランドルフを見つける。彼は池のほとりを歩いていて、そして――。

彼の隣には見たことのない美女がいた。

装いは高位の貴族夫人に思えるが、舞踏会では見かけたことがない。一度見たら忘れられないようなストロベリーブロンドで派手な顔立ちをした、すらっと背の高い淑女だ。身長的にも釣り合いが取れ、肩を突き合わせて歩いていたが、ちょうどそのとき、立ち止まって向かい合った。しかも、愛おしそうに、ランドルフが彼女の手を取る。

アメリアはこれ以上見ていられなくて、ものすごい勢いで踵《きびす》を返す。

後ろから付いてきていたエイダと侍従が面食らったような顔をしていた。

「アメリア様、どうなさったのです?」

二人はアメリアの後ろ姿しか見ておらず、ランドルフに気づいていないようだ。

「あ……あの、急に具合が悪くなったので邸に戻ってもいいかしら」

今までになく気分が悪いのは確かだ。

「まあ！　それは大変ですわ。アメリア様、私にお掴まりください」

アメリアはエイダの肩に手を掛ける。実際のところ、アメリアはショックのあまり立っていられなかったので、ありがたかった。

「アメリア様、こちらへ」

侍従が停車場のほうへと案内してくれる。

──私ったら、なんでこんな逃げるようなことを……。

そして、この今まで経験したことのないような胸の苦しみは一体何なのか、アメリアにはわからなかった。

──絵を、ランドルフが満足するような名画を描かないと……。

アメリアは自分に言い聞かせるように頭の中でそうつぶやいた。公爵邸に戻ると、寝室ではなく、アトリエのほうに入る。

「お休みになられたほうがいいのではありませんか？」

心配げなエイダを後目《しりめ》に、アメリアは、描きかけの公園の絵を画架に置いた。

「大丈夫……大分、よくなったから」

気分は最悪である。だが、絵を描かずにはいられない。ランドルフの心を繋《つな》ぎ止《と》めることができるのは絵しかないのだから。

アメリアは画架の前に座り、絵筆を執った。

ただひたすら筆を動かすが、自分でもわかる。いや、自分だからこそよくわかった。この絵はまがいものである。光も、光を浴びた池も、生きている感じがしなかった。

やがて、陽に赤みが差してくると、外がにわかに賑《にぎ》やかになり、ランドルフが入ってくる。

「アメリア、公園に行って体調を崩したと聞いたよ。絵は休んだほうがいいんじゃないのか？」

ランドルフが背を屈めて、心配そうにアメリアの顔を覗き込んできた。

「……あまりうまく描けなくて……」

ランドルフが画布を一瞥《いちべつ》した。

「そんなときは無理して描かなくていい。体調が悪いんだから、うまくいかなくて当然だよ」

──褒めないなんて正直ね。この絵、ぱっとしないもの──。

アメリアはぶるっと震えた。こんな絵を描いていたら、恩に報えないどころか見放されてしまう。

──まるでパトロンみたい。

そう自嘲してから、いや、元々、パトロンだったのだと思い直す。

アメリアは軽々と抱き上げられ、ランドルフが長椅子に座ると同時に、彼の膝に下ろされた。

「あまり根を詰めないほうがいいよ」

彼の顔が肩上で傾き、頬に軽くくちづけられる。

「は……はい」

アメリアは横を向いて、ランドルフと視線を合わせた。

さっきとは打って変わって、まるでアメリアに酔ったかのような目つきだ。だが、体調の悪そうなアメリアに手を出したりはしない。彼はそういう人だ。

アメリアは絵を描いたおかげで、こんなにも素晴らしい夫と結婚することができた。幸せなはずなのに、自分がなぜ今、こんなに苦しいのかわからなかった。

――実家にいるときは無心で描いていられたのに……。

山稜にかかる夕陽。ランドルフはあの絵を見てアメリアに才能を感じてくれた。あの絵は秋で紅葉した山稜を描いたが、春めいてきた今ごろなら、緑の中にところどころ桃色や黄色が混じって違う美しさがある。またあの風景を描けば――。

「ランドルフ、私、少し実家に帰ってもいいですか？」

「ご実家に？」

ランドルフが納得いかなさそうに片眉を上げた。

「また、あの山稜を描きたいと思って……」

「公園の風景はあまりいいと思えなかったのか？」

「いえ……そういうわけではありません。……少し懐かしくなりまして」

ランドルフの眉間の皺が深くなった。

「……王都はまだ風光明媚な場所がたくさんある。今度、案内するよ。さあ、晩餐の時間だ」

話は済んだとばかりに、アメリアを抱き上げたまま、ランドルフが立ち上がる。

晩餐は小さいほうのダイニングルームで向かい合って座った。

淡いオパールグリーンの壁に、今日、画商が持ってきた、山稜を描いた絵が飾ってあり、アメリアは驚く。

「あの絵……どうして……?」

「君がチャリティーに出した絵だよ。驚いた? すごく気に入ったので額装させたんだ」

画商に聞いて知っているが、アメリアは違う意味で驚いていた。

——ランドルフは、この結婚が芸術の支援であることを隠す気なんかないんだわ。

求婚のとき、アメリアを忘れられなかったと彼は言ったが、アメリアのことをずっと好きだったとは言わなかった。つまり、そういうことだ。

アメリアは食欲がなく、晩餐が終わるとすぐにアトリエに戻った。だが、画布が色で埋まっただけで、死んだような絵だった。

すると、「寝る時間だよ」と、ガウン一枚のランドルフがやって来る。アメリアは侍女によってすでにネグリジェに着替えさせられていた。

「……もう少し、描きたいんです」

ランドルフはちらりと画布に目を落とすと「今日はもうやめたほうがいい」ときっぱりだ。

だが、そんな正直な態度に、アメリアは密かに傷ついた。ランドルフの子を産みたい女性なんてたくさんいる。だが、絵を描けるのはアメリアだけだ。

――なのに、なぜ上手く描けなくなったの⁉

アメリアはランドルフにひょいっと縦抱きにされた。顔と顔を突き合わせて、彼がこんなことを告げてくる。

「体調が悪いなら、ベッドでおとなしく眠ったほうがいいし、もう体調がよくなったのなら、私がまた気持ちよくしてあげるよ？　どちらがいい？」

今思えば、子作りという口実をもうけたのはランドルフの優しさだったのかもしれない。とはいえ、公爵家が跡取りを必要としているのは確かだ。

「では、後者《こうしゃ》で」

ランドルフの片眉が上がった。不満があるときの表情だ。歩きながら、使用人たちに聞こえないように小声で耳打ちしてくる。

「後者じゃわからないな。はっきり言ってくれないか？」

「え……あ……では……気持ちよくしてください」

「よろしい」

模範解答を褒めるかのように、ランドルフが満足げにそう告げてきた。

ベッドまで来ると、アメリアはいつものように仰向けではなく、ベッドの縁に座らされた。足を外に垂らす。

ランドルフも隣に座るのかと思ったらそうではなかった。立ったままアメリアと向き合い、そっと肩に手を置く。顔が近づいてきて、唇が重なった。ネグリジェの肩口を掴んで下ろされ、乳房が外気に晒される。

きゅっと尖端がしこったように感じるのは外気に触れたからか、それとも彼の視線のせいか。

上半身がむき出しになると、ランドルフがベッドに手を突き、張り出した乳房の頂を食んだ。歯を立てずに引っ張るように吸うので乳房が前に張り出す。ランドルフが床に膝を突く。

唇が離れると、唾液で濡れた乳頭がひんやりとして、それもまた甘い刺激に変わっていった。

ランドルフが濡れていないほうの乳暈をふにふにと唇で食んでくる。ときどき彼の湿った舌が乳首に触れて、アメリアの口から甘い吐息があふれ出すのに時間はかからなかった。

「あ……ん……あぁ……ランド……気持ちぃ……」

──気持ちいいのに、悲しい。

「アメリア……なら、進めて大丈夫だな?」

昼、体調を崩したので、様子を見ていたようだ。

「は……はい」

ランドルフは優しい。だが、その優しさが今、棘《とげ》となって彼女の心に突き刺さる。

——私の絵が好きなだけなのに、女としての悦《よろこ》びも与えてくれるのね？

そう思ったあと、公爵閣下に何を期待していたのかとアメリアは自嘲する。

ランドルフが好きなのは、あの公園の美女だ。男性と外を歩けるということは、きっと既婚者なのだろう。夫人とは結婚できないから、跡継ぎを産める女を探していたところに、絵を描けるアメリアを見つけた。そう考えると全て説明がつく。

——私、あの夫人《ひと》の身代わりなんだわ……。

アメリアは、ぐいっと両脚を広げられた。太ももを掴むのは彼の骨ばって長く美しい指——。指が食い込む感触だけでアメリアはぶるりと胴震いした。

濡れた付け根に冷気を感じたところで、生温かいものに覆われる。彼の舌だ。

「あ……ラン……ぁあ……あっ……！」

アメリアは脚を動かしたい衝動に駆られるが、彼にがっしりと固定されてできず、上体をよじって過度な快感に耐えた。

彼がぴちゃぴちゃと彼女の最も敏感なところを舐め回す。

その音と、彼の肉厚な舌の感触に、冷え切っていたはずのアメリアの心は早くも高まり始める。胸を大きく上下させ、甘い吐息で快感を逃した。

やがて彼の大きな手が彼女の太ももをさするように這い上がっていき、ずり落ちたネグリジェの下、淡い草叢の中で密やかに立ち上がった芽を親指で何度も撫でてくる。

「そ……そんな……とこ……んっんんん」

更にはもう片方の手が腹から胸のほうへと上がっていき、彼女の尖った乳首を指でつまんだ。緩急つけて指先でしごかれる。

「あっ……も……駄目ぇ……！」

「やめてほしい？」

舌が離れると、彼の温かな息が濡れた秘裂に吹きかかる。アメリアは脚をびくびくとさせ、太ももを彼の頬にすりつけてしまう。

「あ……やめな……で……」

「素直でよろしい。君のここも、私を欲しがっているよ？」

その証拠だと言わんばかりに、ランドルフがぬかるみに指を浅く差し入れ、くちゅくちゅと音を立てた。

「……あ……ふぁ……」

「君のこういう高い声、好きだな」

ランドルフが立ち上がり、彼女をそっと後ろに倒す。

「私はいつだって君のことが欲しくてたまらないんだ」

ランドルフが切なげに瞳を細めた。まるでアメリアを愛しているかのようだ。最初からそうだった。好きでもない女にこういう眼差しを向けることが彼の優しさで、残酷さでもある。

ランドルフがベッドに浅く腰掛け、彼女の周りに広がる髪を梳くように撫で始める。

「……今更だけど……しばらく孕んでほしくないな」

アメリアは栗色の睫毛を持ち上げて瞬かせた。あんなに跡継ぎを欲しがっていたのに、どういう心境の変化だろうか。

アメリアの問うような瞳に、ランドルフが言葉で応じる。

「妊娠したら、こういうことができなくなるだろう?」

ランドルフが座ったまま両手を伸ばして乳房を揉《も》み上《あ》げ、親指でその頂の突起をふにふにと押してくる。

「……は……ぁ」

――気持ちいい。

ランドルフも気持ちいいことをアメリアとしばらく続けたいということか。あの美女とはプラトニックなのかもしれない。

アメリアの快感が高まり始めたところで、ランドルフが胸から手を離す。

「ランドルフ?」

今日の抱き方は明らかにいつもと違っていた。欲望に走りそうになっては立ち止まる。そんな感じだ。

——今日、体調が悪かったことを気にしているのかしら？

だが、アメリアとしては、こんな中途半端な状態で放っておかれてはたまらない。さっきの愛撫で燃え上がった官能が、体の奥底で熾火《おきび》となってくすぶっている。

アメリアは体を横向きに倒して、ランドルフの手に手を重ねた。

「……あ、あの私は、もう大丈夫よ？」

「そうか……よかった」

ランドルフは苦悩するかのように額にかかる金髪をかき上げながら、横目でアメリアの足先から頭の天辺《てっぺん》までゆっくりと視線を動かす。

「アメリア、結婚して三ヵ月近く経ってからこんなことを言うのもどうかと思うんだけど……」

アメリアはいやな予感がしてきた。今日の公園でのできごとは、いつものことではなく、何か彼に新たな決断をさせるような特別なことだったのかもしれない。

——ランドルフの口から彼女のことを聞きたくないわ……。

ランドルフがアメリアの栗色の毛束を取って、くちづける。

——あの夫人のように、鮮やかなストロベリーブロンドだったら、どんなにかよかったか！

ランドルフの瞳が切なげに細まった。アメリアはこれから起こることを恐れて身を固くする。

「アメリア、愛しているんだ。深く、君を——」

「えっ？」

あまりに想像と違う言葉でアメリアは絶句してしまう。

「最初に子作りの話をしてしまって、すまないと思っている。順番が逆だった。私は君を愛している」

そのとき、アメリアは王太子妃殿下から聞いた男性の習性について思い出していた。

『男性って浮気すると、急に妻に優しくなるそうよ』

アメリアは刮目した。

ランドルフは優しいからわからないと思っていたけど、いざとなるとわかるものだ。彼は最近、浮気を始めた――。

ランドルフがアメリアをじっと見つめて返事を待っている。だが、アメリアは『私も愛している』とは言い出せないでいた。

――だって、私、あんなにきれいじゃないわ。

絵ばかり描いている自分のような変な女ではなく、ああいった完璧な貴婦人こそ、ランドルフと愛し合うのにふさわしいのだ。

このアメリアの反応は、ランドルフには不可解だった。すぐに返ってくると思っていた愛の告白がないからだ。黙り込んでいた彼女がようやく口にしたのはこんな冷めた言葉だ。

「べ……別に、最初のことなんて……気になさらなくてもよろしいのに」

愛しているとかいないとか、アメリアにとってどうでもいいということか。そもそも彼女が欲していたのは愛してくれる夫ではなく、自由に描かせてくれるパトロンだったのだ。

――気を取り直して、体に聞こう。

義母の教えにがんじがらめになっていたときだって、アメリアは体だけは正直だった。

「愛し合う夫婦になろう」

ランドルフは掌を広げてふたつのふくらみを同時に撫で回し、もう片方の手を彼女の谷間にすべり込ませる。そこはぬるぬるとして、彼の中指と薬指はすぐに花弁の狭間に沈んでいった。

「んっ……あっ」

ランドルフは二本の指をときに広げながら、温かく濡れた襞をかきわけていき、やがて全て埋まると、根元で掻き回すようにして蜜口を嬲《なぶ》る。

「あっ……あぁ……そんな」

アメリアが両手で敷布を握りしめた。彼女の体は隅々まで把握している。だが、心はまだだ。

――でも、いつか……！

ランドルフは胸から手を離し、蜜口から指を抜く。とぷりと滴りが垂れる。それもまた刺激になるらしく、アメリアが敷布から背を浮かした。

ランドルフは床に下り、彼女の腰を引き寄せて膝を掴んで広げ、太ももに彼の大腿を密着させる。アメリアの全身を見下ろした。

潤んで細まった瞳、息の上がった小さな唇、体をよじって揺れる胸、そして、くしゃくしゃになったネグリジェの下には彼を求めて蜜を垂らす紅潮した陰唇──。

彼の雄はいつしか猛っていた。

ランドルフは立ったまま、尖端で蜜口を埋めて射程を定めると一気に最奥まで貫く。何度も彼の形に変わってなじんだ隘路は今、彼自身を優しく迎え入れていた。やわらかな太ももが腰に当たって心地よい。

「あっ……ランド……ルフ……わ、私……おかし……」

「おかしくない……自然なことだ……もっとおかしくなるがいい」

──そして私を愛するんだ。

腰をぶつけたことでアメリアの体が後退したので性を繋げたまま、ランドルフは彼女の腰をネグリジェごと掴んで手繰り寄せた。彼女の中から熱塊を引きずり出すと、再び根元まで埋めて彼の形を覚え込ませる。

挿入するたびにランドルフは手で腰を引き寄せる。ひとつになったかのような密着感が二人を狂わせていく。

「ランドルフ……ランド……あっあぁ……ランドルフ」

アメリアが、ランドルフの名を何度も繰り返して呻き、彼を引きとどめるかのように彼自身を締めつけてくるものだから、ランドルフも理性を失い始めていた。

「アメリア……そんなに私を捕らえて……それなのに……」

――どうして私を愛さないんだ？

「ランドルフ……！」

アメリアの声が悲しげに聞こえたのは彼自分の気持ちが投影されたせいだろうか。

アメリアの潤んだ瞳から涙が一粒零れた。ランドルフが背を倒して、その雫を舐めとると、アメリアが一瞬、ハッとしたように目を見開いた。

ランドルフはその目をずっと見ていたくて、雄を中に埋めたまま両膝をベッドに乗り上げる。

違うところがこすられたのか、アメリアが「あっ」と声を漏らして目を瞑《つぶ》り、首を傾げて小さく震えている。

ランドルフはアメリアを抱き起こす。彼の怒張が子宮の入り口までめり込んだ。

さっきと違う角度で突き上げられ、アメリアが「あぁっ」と感極まったような声を漏らして背を反らせたので、彼女の巻き髪がふわりと浮く。

「アメリア……きれいだ」

ランドルフは彼女の腰を掴んで体をゆっくりと持ち上げては、ずんっと思いっきり下ろした。そのたびに艶やかな栗色の髪がふわふわと宙を舞う。

それが見たくて、ランドルフが繰り返していくうちにアメリアの嬌声が切羽詰まったものになっていき、もう離してくれるなと言わんばかりに彼の背をきゅっと脚で抱きしめてくる。

──こんなに私にしがみついて……。

ランドルフには、アメリアが体だけでなく、心でだって彼を求めているとしか思えなかった。

汗ばんだ太ももと大腿がぶつかり合う密着感は格別で、ランドルフの剛直は更に膨らみを増してしまう。

「ふぁっ」と、アメリアがその変化にいち早く反応した。

ランドルフの眼下にある乳房がふるふると揺れている。やがてアメリアの小さな手が彼の首にすがりついてきて乳房が押しつけられた。

抽挿のたびに、どちらの汗ともわからない濡れた胸板を乳房がぬるぬると上下にこすっていく。蜜襞がうねるように彼自身に巻きついている。

「あっ……あぁ……ランドルフ……もうだめぇ……」

「まだだ、アメリア……」

まだ、ランドルフは愛の言葉をもらっていない。

ランドルフは果てそうになりながらも彼女をずるりと引き上げる。

アメリアが口をぽかんと開けて、嬌声が途切れた。

ランドルフは亀頭だけを中に引っ掛けた状態で、アメリアを半回転させる。ランドルフの胸板が背もたれとなるようにして、ずんっと再び腰に下ろした。

「ああ……!」

アメリアが首を反らしたので、彼女のふわふわの巻き髪がランドルフの胸板をくすぐる。背後から手を差し出し、彼女の乳房を揉みしだきながら腹の奥深くまで突き上げた。

「あっあっ……わたし……へん……へんなのぉ……」

アメリアは絶頂が続きっぱなしのようで、何か訴えるかのような嬌声がひっきりなしになる。彼女が腰をよじるたびに、びくびくと彼の雄芯も中で揉まれ、ランドルフとて今にも爆ぜそうだ。だが、蜜と汗の滴りに濡れた、やわらかの尻の感触がたまらず、ランドルフは何度も腰を押し上げる。

「あ……ラン……私、もう、だ……め」

「まだだ、アメリア。先に達《い》ってはいけないよ」

ランドルフは最後の力を振りしぼって彼女を前倒しにし、うつ伏せで寝そべる彼女の上に重なった。締めつけがきつくなり、ランドルフは目を眇める。

「あ……も……む……り……」

彼女の嬌声が絶え絶えになっていく。

ランドルフは、これ以上奥まで入り込めるはずもないのに、その先へと侵入したい衝動に駆られ、背中をしならせ、何度も何度も彼女に腰を押しつける。

アメリアは敷布を掴んでくしゃくしゃにし、口から滴りを零した。敷布に濡れた跡が広がっていく。奥まで欲望をぶつけられるたびにアメリアは前へ前へとずれていき、臀部と腰がぶつかり合う破裂音が寝室に響き渡る。

アメリアが顔を上げてひと際高い声で「あぁっ」と小さく叫んだ。

その瞬間に、ランドルフは精をほとばしらせる。と、同時にアメリアの全身が弛緩した。

ランドルフは、息を整えながらも、彼女の両脇に置いた手で自身の体を支えて体重がかからないようにしていた。やがて、彼女の中から性を抜き取ると、アメリアの横に仰向けになる。

目を横にやると、彼女の頬がベッドに着いて、ふにゃっとふくらんでいて愛らしい。

ランドルフは自身が、ずぶずぶとアメリアにはまっていっているのを感じていた。

——愛なんて、多くの女性から受けとるほうだったというのに……。

まさか自分が愛されないなんて思ってもいなかった。だが、その理由はわかっている。彼には強力な恋敵《ライバル》がいた。

絵画だ。

翌朝も、アメリアはベッドから抜け出して画布の前に座っていた。どうも突然スランプになったようだ。昨日など珍しいことに一人で公園に出かけていた。

——ちょうど私も同じ公園にいたのだが……。

アメリアは公園に着くなり気分が悪くなって引き返したという。

それなのに昨晩、激しく彼女を求めてしまったことに、ランドルフは今更後悔する始末だ。

「アメリア、昨日は無理をさせてしまってすまない。体調はどう?」

「体調は……大丈夫です。昨晩は達しそうになるたびに、体の位置が変わって意識が呼び覚まされては、また……という感じで気持ちよすぎておかしくなりそうでしたが、気分が悪くなることはなかったです」

「……そうか」

相変わらず赤裸々すぎて聞いているほうが恥ずかしくなる。

だが、こんな素直なアメリアがランドルフへの愛について語らないということは……つまりそういうことだ。

アメリアが画布の前で立ち上がった。

「あの、来週から、一週間ほど実家に帰っていいですか？」

「え？」

――気持ちよかったんじゃなかったのか？

「もちろん、来週頭の王宮舞踏会には参りますわ。そのあとの一週間です」

そこまですらすら言っておいて、急にどもり始める。

「……ちょ、ちょうど、つ、つ、月のものの時期ですから、こ、子作りもできませんし……」

うつむきかげんで、ちらりと上目遣いで見てくる。

――やはり、最初に、子作りを口実にしたのが悪かった。

今更、愛しているなどと言っても空々しく聞こえるのだろう。だが、少しずつでもいいので彼女の心をほぐしていきたい。

「子作りなんかできなくても、君がそばにいてくれるだけでもうれしいんだけどな？」

とたん、アメリアが怪訝そうな顔になった。

――なんだ、この表情は……。

今までだったら、こういうとき、アメリアは頬を赤らめて視線を逸らしたり、下を向いたりしたものだ。だから、ランドルフはてっきり自分のことが好きなのだと勘違いしていた。

「あの……実家から見える山稜の絵を、もう一度描きたいんです」

――スランプなのだな。

わかっている。残念ながらアメリアは、ランドルフより絵を愛しているのだ。

「そうか。山稜は君の〝好きなもの〟だったね。また描いて自分の作品にしたらいい」

「はい。ご期待に沿えるよう頑張ります」

――なんだ、そのご期待っていうのは……。

ランドルフは違和感を覚えた。ランドルフが義務だと告げたのは〝子作り〟だけのはずで、絵はアメリアが好きで描いているのではなかったのか。

「では、私も行く」

社交シーズンなので、領地には伯爵夫妻とクロエはいないはずだ。

今度「えっ？」と驚くのはアメリアのほうだった。

第六章　私の知らないあなた

王宮の舞踏広間で煌々《こうこう》と灯る巨大なシャンデリアのもと、アメリアはランドルフとダンスを踊っていた。ストイックな軍服姿のほうが彼の美貌を際立たせるというものだ。

アメリアはランドルフと踊りながらも、あのストロベリーブロンドの美女はいないかと、つい目で探してしまう。あの髪色はかなり珍しいので目立つはずだ。

――高位の貴族夫人に見えたのだけれど……。

そのとき舞踏広間に、軍服を身に着けた顎鬚《あごひげ》の将校が入ってきた。人波をかき分けてきょろきょろと辺りを見渡している。

「ランドルフ、将校の方が、どなたかを探していらっしゃるご様子ですわ」

ランドルフは、その将校の姿を認めると、「ちょっと外す」と、曲の途中だというのに離れていった。将校がランドルフに近寄ってきて、何か深刻な表情で話しかけている。

三年近く平和が続いているので忘れていたが、隣国フェネオン共和国の侵略を免《まぬが》れているのは、ここエッガーランド王国だけで、休戦中とはいえ、いまだに人も物も出入り禁止である。

アメリアは一人、ダンスの輪から離れる。壁際に立つ義母プリシラとクロエのほうに向かった。

「お義母様、先日、お父様からご許可はいただいたのですが、故郷が懐かしくなったので、数日、クロックフォードの館で過ごさせていただきます」

アメリアに、プリシラが上品に微笑んだ。

「お父様から聞いているわ。公爵閣下もいらっしゃるそうじゃありませんか。ですから、私たちも館に戻ろうと思っているの」

アメリアは意外に思った。王都と領地を行き来するとお金が掛かるからと、社交シーズンは一度も領地に帰らないのが伯爵家の暗黙の掟《おきて》だ。

——ランドルフから援助してもらっているのだわ。

アメリアはそう直感した。普通は花嫁の実家が持参金を用意するものだが、貧乏伯爵家なら、逆ということもありえる。いわば、公爵が伯爵令嬢を買ったわけだ。

——本当に頑張って、ランドルフのお眼鏡に適《かな》う名画を描かないと……！

アメリアが焦燥感に駆られていると、クロエが、じとっと湿った瞳を向けてきた。何か不満があるときにする表情だ。

「お姉様、どなたか素敵な紳士を紹介してくださいませんこと？」

なぜかアメリアを見る義母の視線が鋭くなった。正直、怖い。

「あ、あの……ごめんなさい。まだ頼めていないのだけど、必ずいい縁談を見つけてもらうつもりだから」

　これ以上ランドルフにお願いするのは心苦しいが、クロエが、社交界デビューしたばかりのころのアメリアに重なって放っておけない。

「だ、駄目よ、それは」

　なぜかプリシラに止められる。

「どうしてです？」

　アメリアが問うと、プリシラが「これ以上、頼ってはいけないと思うの」と言ってくれて、正直、安堵した。

「そ、そうね。クロエは可愛いから、きっと素晴らしい男性に見初められるわ」

　クロエがなぜか憮然とした。

　――頼りない姉だと思われているんだわ……。

　そのとき、軍装の若い男が寄ってきた。

「ウィンスレット公爵夫人でいらっしゃいますね？」

「え、ええ」

　肩章を見たところ、佐官のようだ。

「私は、ルウェリン伯爵家のバリーと申しまして中佐であります。ウィンスレット元帥閣下を尊敬しております」

「まあ、そうですの。今後とも、よろしくお願いいたしますわ」

アメリアがバリーを見やると、バリーがうつむき加減になり、頭を掻《か》いた。

「元帥閣下がご執心なのも納得のお美しさでいらっしゃいますね」

「え？　そ……そんなことは……ございませんわ」

アメリアは恥ずかしくなって扇で顔の半分を隠した。

「いえいえ。王宮や軍ではこの話題でもちきりですよ。仕事の鬼がすぐに邸宅にお帰りになってしまうと……。おかげさまで我々は羽を伸ばして……と、ここからは内緒ですよ」

「まあ」

冗談好きな男性のようで、アメリアはクスクスと小さく笑った。

そこに、ずいっと、プリシラが割り込んできた。

「こちらが、公爵夫人の義妹である、クロエですの。可愛いでしょう？」

バリーが、プリシラの横にいるクロエに顔を向けた。元帥の義理の妹を紹介されて、挨拶だけで立ち去るわけにはいくまい。

「ええ。お姉様に似て、お美しくていらっしゃいますね。一曲お願いできますか？」

クロエは母親似でアメリアとは似ていないが、バリーに差し出された手に、クロエが手を乗せた。

——よかった。

「妹を、よろしくお願いいたしますわ」

「はい。こちらこそ」

クロエがバリーとともに、ダンスの輪に入っていった。

アメリアは義母と並んで無言になった。昔から、二人きりになると義母はにこりともしなくなり、気まずくなったものだ。アメリアのような変わり者の娘を持つことになった義母には同情を禁じ得ない。

「お義母様、私、ご挨拶したい方がいらっしゃるので失礼いたしますわ」

アメリアは、そそくさとその場を去った。

これは嘘ではない。最初のダンスでランドルフがいなくなったので、まだ国王、王太子夫妻に挨拶をしていなかった。

アメリアは国王一家の黄金の椅子が並ぶ中央壁際に向かう。そこで気づいた。彼女はいつの間にか、ランドルフがいなくても、気後れせずに王族のところに出向けるようになっている。

——まるで私が私ではないようだわ。

ランドルフはアメリアを変えてくれた。たとえ、ほかに意中の女性がいても、いやいるからこそ、余計に感謝しないといけない。

アメリアは円形階段の上に軽やかに足を踏み出し、流れるように腰を落とす挨拶をした。

「両陛下、両殿下、ご機嫌麗しゅう」

国王が少し意外そうな顔をして腰を上げる。

「アメリア、今日は、愛妻家の旦那様はどうしたのかい?」

冗談めかしてそう言われたので、アメリアも軽口で返す。

「初めのダンスのときに将校の方に呼ばれて、私を放ってどこかに行ってしまいましたわ」

「我が国は今のところフェネオン共和国とは休戦中のはずだがな?」

王太子コンラッドがおどけて頭をひねるが、王太子妃ヘルガは笑うことなく残念そうに眉を下げた。

「それより、アメリア。しばらくご実家に帰ってしまわれるって本当なの?」

ランドルフが王宮に出仕したときに話したようだ。

「ええ。そうなのです。少し懐かしくなってしまいまして」

「とはいえランドルフもいっしょに行くんだろう? 新婚旅行みたいなものさ。道中はぜひロマンチックな城館にでも泊まって楽しむがいいよ」

コンラッドが含み笑いをするものだから、アメリアは恥ずかしくなってしまう。

「ま、まぁ……そういうわけにいきますかどうか」

ヘルガがクスリと小さく笑った。

「ウィンスレット公でなくても、アメリアが可愛くて仕方なくなっちゃうわ」

ヘルガの屈託のないその言葉に、アメリアの心はずきんと痛んだ。

——ランドルフが私を好きだと誰もが誤解していて、いたたまれない……。

あの美女とのことが噂になると、ランドルフを好きな人たちはアメリアをどう見るのか。

いやな想像をして、アメリアはぶるりと震えた。

——せめて子どもだけでも産んでさしあげないと……。

「結婚してからランドルフは変わった。アメリアのおかげで幸せそうだよ。ありがとう」

コンラッドからこんな感謝の言葉をもらうのは二度目である。変わったのはアメリアのほうだ。アメリアはさすがに違和感を覚えた。

「そんな……ランドルフは五年前、私が社交界デビューしたときも、溌剌《はつらつ》として幸せそうに見えましたわ」

当時、ランドルフは侯爵だったが、高位の貴族や将校に囲まれて、自信あふれる笑みを浮かべていた。長身なだけに、広間の隅にいるアメリアにも見えた。アメリアが誰からも相手にされていなかっただけに、とてもまぶしい存在だった。

「だが、あのあとフェネオン侵略戦争があっただろう?」

「ランドルフは元帥としてこの国を守ってくれたのでしょう？　それで公爵位を賜ったのだから、誇りに思いこそすれ、なぜですの?」

「戦う以上、戦死者は必ず出る。ランドルフは真面目だから、忠実な部下だった中将を亡くし、更には、戦時下のどさくさで美術品を奪われたことを今も悔やんでいる。だから急に絵画を蒐集《しゅうしゅう》し始めたんじゃないかな」

「急に――?」

ランドルフは元々美術に造詣が深いのだと思い込んでいたので、その言葉は意外だった。

――いよいよ、ランドルフがわからなくなってきたわ。

ランドルフは故郷の山稜のように見るたびに印象が変わり、とらえどころがない。

結局、その夜、ランドルフは帰ってこなかった。しばらく仕事が立て込んでいるので、いっしょに実家に行けそうにないという手紙だけが届いた。

ランドルフが来ないなら、と、翌日、アメリアは義母と妹に同じ馬車に乗らないかと誘ってみた。館に戻るお金は伯爵家にとっては大金だとわかっていたからだ。ランドルフからお金をもらったのだとしたらなおさらだ。無駄遣いしてほしくなかった。

義母は「助かるわ」と、クロエを連れて馬車に乗り込んできた。アメリアの侍女エイダも合わせて、女四人の旅になる。

そのうえ、ランドルフの命令だそうで護衛が二十騎も付いてくる。私兵ではなく、王国軍の騎馬兵に馬車の周りを固められると、まるで戦争にでも行くみたいだ。

アメリアは密かに溜息をついた。

――一人ひっそり帰って絵が描きたかったのに……。

とはいえ、家族に内緒で実家に戻ることなどできないから、これが一番の方法なのだ。


ランドルフは王宮舞踏会の夜から連日、軍司令部に泊まり込んでいた。ランドルフの命を狙うフェネオン共和国の暗殺団が王都に潜伏しているという情報が入ったからだ。

三日目の午後、ランドルフは軍司令部の敷地内にある屋外射撃場で新型の銃を試すことにした。屋外射撃場は低地になっていて、周りが煉瓦《れんが》石で囲まれている。敷地に入る短い階段を下りているときに、ランドルフは秘書官に尋ねられる。

「元帥閣下、昨晩も、ご自邸にお戻りにならなかったのですか?」

「ああ。私がここにいるのが一番、誰にも迷惑がかからないからな。とはいえ自邸と妻の警護はぬかりないだろうな?」

「はっ。それはもちろんでございます」

――アメリア、もう三日も君に会ってないよ……。

ランドルフはうっかり妻に思いを馳《は》せそうになり、ふっきるように大股で射撃位置まで歩く。

「暗殺部隊を捕らえるまではここに留まるつもりだが、永遠にここにいるわけにもいくまい。

自分の身ぐらい自分で守らないとな」

銃器を置く小さなテーブルの横に直立しているのは一見ただの砲兵大佐だが、銃器設計を担当する技術者である。彼が恭しく両手で銃をランドルフに差し出した。

「元帥閣下、こちらが新しいリボルバー銃でございます。六発の連続発射が可能になりました」

「こんなに小さいのにすごいな。で、命中率は？」

「今までと比になりません」

ランドルフは手に取る。

「軽いな。持ちやすい」

「はい。ぜひお試しください」

現状のマスケット銃では、狙いを定めるというより、戦場で数撃てば当たるという武器にすぎない。その上、リボルバー銃のように連発できないために、装填《そうてん》に時間を取られ、接近戦では銃よりもむしろ剣が頼りであった。

ランドルフは煉瓦石に取りつけられた丸い木製の的に向けて銃を構える。引き金を引くと、轟音《ごうおん》とともに的の中央近くに当たり、板が衝撃で砕けた。

「……これは、すごいものを作ったな」

アメリア一行は、出発して二日目の夜、モーズレイ子爵邸に着いた。アメリアは婚前、ランドルフとともに王都に向かうとき、この館に泊まったことがある。救国の英雄を泊めることは名誉なので、どんなに高位の貴族だとしても喜んで部屋を差し出すのだ。

以前、アメリアが泊まった部屋に義母と妹が泊まり、アメリアは奥の客間に通された。

「こちらが以前、ウィンスレット公爵閣下がお泊まりになったお部屋です」

子爵の言葉に、侍従が扉を開けると、要所要所が黄金で装飾された、白壁のきらびやかな部屋が現れた。

「こんな素敵なお部屋を、ありがとうございます」

王族やそれに準じた貴族が泊まるときは、そのためだけに家具を新調することがあると聞いたが、黄金で装飾された白木のベッドは艶々としていて、明らかに新品だった。

「こちらのベッドで公爵閣下はよく眠れたとおっしゃってくださいましたのよ」

子爵夫人が誇らしげにそう語る。

アメリアが一歩前に出ると、壁に掛けてある白木の装飾板が目に入った。絵画かと思い、近づくと、そこには、『救国の英雄、ウィンスレット公爵閣下がお泊まりになった美神の間』と刻まれていた。

「こ、これはこれは失礼いたしました」

子爵が気まずい様子で、侍従に片づけさせている。

アメリアは呆れるとともに、ランドルフが泊まったことは、子爵家にとって自慢の種になっているのだと、改めて過分な夫を持ったことに気後れするのだった。

――しまい忘れた使用人が怒られないといいけれど……。

一通り部屋を案内すると、子爵夫妻は部屋を辞し、アメリアは侍女のエイダと二人だけになる。エイダが荷ほどきをしているのを後目《しりめ》に、アメリアはベッドに腰を下ろし、横座りでベッドに手を置いた。大きなベッドだが、今日もここで一人寝となる。

――私には広すぎるわ。

アメリアは鼻の奥がつんとなり、涙が出そうになったところをぐっとこらえた。ランドルフがいないとこんなに寂しくなるなんて、アメリアは思ってもいなかった。

アメリアは家族の中にあってもずっと一人だった。一人で生きてきた。だから、こんな身を引き裂かれるような感情があるなんて知らなかったのだ。

――私、いつの間にか、一人じゃなくなっていたのね……。

そのころ、ランドルフは陸軍本部の元帥執務室で、報告書に目を通していた。荒々しいノック音がして、秘書官が飛び込んでくる。

「元帥閣下、フェネオン訛りで、フェネオン製の銃を持つ男がやっと暗殺団の一味だと口を割りました。驚くべきことに農民出身です。銃も軍のものでなく旧式でした。戦争で父親を喪《うしな》った私怨からとのことです」

「なんだと？」

「つまり、素人集団だったのです」

秘書官が明るい声でそう告げたというのに、ランドルフの眉間に深い皺が刻まれた。

フェネオン共和国政府の差し金なら、狙いはランドルフだ。勝利の象徴である元帥を殺害して軍が動揺したところに攻め入れば雪辱を果たすのも夢ではない。

――だが、私怨なら？　軍司令部に乗り込めるような人材も武器もないなら――？

「アメリアが危ない！」

ランドルフはダンッと拳で机を叩いて立ち上がった。

「か、閣下。ですが騎馬兵二十名が奥様をお守り……」

「あれでは駄目だ！　接近戦に強い、我が軍の精鋭をすぐにクロックフォードの館に……いや、まだアメリアは、領地の館には着いていない。モーズレイ子爵邸だ。馬を！　私が急行する」

慌てたのは秘書官だ。

「おやめください。それでは暗殺団の思《おも》う壺《つぼ》です。復讐《ふくしゅう》とはいえ、やつらの本命は閣下には違いありません！　我々が急行いたします」

「だったら、なおさら私が囮《おとり》になるまでだ！」

――アメリアに何かあったら、今度こそ、私の心は死ぬ！

ランドルフは腰にベルトを付け、サーベルを帯刀し、新作のリボルバー銃を突っ込む。全速力で馬場に向かい、俊足の愛馬に跨《またが》った。

それに気づいた馬丁が何事かと目を丸くしているところに、叫び声に近い秘書官の声が轟《とどろ》く。

「今出られる者は全て元帥閣下に続け！　閣下をお守りしろ！　行先はダウリングにあるモーズレイ子爵邸だ！」

その指令が何度も繰り返される中、ランドルフは単身、軍司令部を飛び出した。

モーズレイ子爵邸で晩餐が終わったとき、アメリアは疲労困憊の体であった。

晩餐会の間中、子爵夫妻がウィンスレット公爵夫妻のことをひたすら褒《ほ》め讃《たた》えていたのだ。

その横で、義母と妹が興ざめな顔をしていた。少しはハートリー伯爵家のことも褒めてほしいものだが、貧乏伯爵家と懇意になっても、モーズレイ子爵にはなんのメリットもないのだろう。

そもそも、アメリアが壁の花だったとき、子爵夫妻は振り向きもしなかった。

――むなしいわ。

アメリアはプリシラやクロエと別れ、侍女とともに奥の客間に入る。もう夜遅いので、ネグリジェに着替えさせてもらい、大きなベッドで大の字になった。

『アメリア、愛している』

彼の甘く優しい声が昨日のことのように思い出され、悲しみで胸が熱くなる。

――泣かないの、私……！

考えるのをやめようとしても、ランドルフといて楽しかったことが次々と頭に浮かんでくる。たとえ、ほかに意中の女性がいたとしても、そばにいてくれればそれだけで幸せだったのだ。

――描こう、ランドルフを。

アメリアは亡き母だって、絵に描くことで自分のそばに置いてきた。少なくとも絵の中のランドルフは、アメリアだけのものになる。

アメリアは起き上がってガウンを羽織り、海が見える丘で描いた絵画を画架に置いた。絵の中のランドルフは横目でアメリアを見つめている。アメリアは気づくと指先で彼の唇をなぞっていた。

そのとき、隣室から人の声がした。

――クロエの声だわ。

アメリアが立ち上がると同時にドアのノック音がして、侍女エイダが顔を見せた。

「クロエ様が、急用がおありとのことです」

――こんな遅くに？

アメリアがいぶかしんでいると、見たことのない侍女とともに、クロエが寝室に入り込んだ。その侍女がすぐに扉を閉め、クロエと体を密着させているほうのポケットから取り出したのは銃だった。彼女が銃をクロエの頭に突きつける。

「……クロエ！」

アメリアが声を震わせると、クロエが目を見開いたまま口角を上げた。

「ほ、ほら。言った通りでしょう？　私は公爵夫人じゃないって……！　公爵夫人の名前はクロエじゃなくて……アメリアだし、私みたいに……わ、若くないの。二十一歳なのよ？」

その侍女がぎらりとアメリアを睨んだ。地獄から這い出てきた者の瞳だった。

アメリアが震え上がったところで、侍女が銃口をアメリアのほうに向けてくる。

「おまえが公爵夫人か。元帥がぞっこんらしいじゃないか」

——フェネオン訛り！

この女は侍女のふりをしているが子爵家の侍女ではない。発音のアクセントが隣国フェネオン共和国のものだ。

「おまえの亭主に私の夫は殺されたんだ！」

憎しみで燃え上がった瞳をアメリアに向けてくる。

「お姉様のせいよ！　なんの恩恵も受けてない私まで狙われて！」

女が嘲笑《あざわら》った。

「貴族って本当に自己中心で醜いわね。お望み通り、銃口をお姉様に向けてやるわよ」

「ク、ク、クロエ……悪かったわ。あな……あなたにまで……迷惑をかけて……」

がくがくと脚を震えさせるアメリアに、女が銃口を向け、クロエから手を離した。クロエはその場にへたりこむと、這いつくばって女から離れながら、怨嗟《えんさ》の声を上げる。

「努力している私が求婚されなくて、引きこもりのくせになんでお姉様だけ……！　もう幸せを存分に味わったんだからいいでしょう?」

そんなふうに思われていたのかとアメリアはショックを受けるが、やはり自分には過ぎた幸せだったのだと観念した。

女が銃口をアメリアに向けたまま近づいてくる。

客間の扉の前にも、ランドルフが付けてくれた護衛が二人いたはずだ。だが、アメリアの妹と侍女という組み合わせだったので、通してしまったのだろう。

——嫉妬なんかしてないで、愛しているって言えばよかった！

ランドルフが奇異の視線をものともせず、街中を軍馬で飛ばしてモーズレイ子爵邸に着いたときにはもう夜更けだった。目立たぬよう門外に馬を停めて、ランドルフは単身、子爵邸に乗り込む。元帥の姿を目にして驚いたのは子爵邸の庭園に待機している護衛の兵士たちだ。彼らが声を発さないようにランドルフは口に指をあてた。

「多分、まだ何ごともないとは思うが、以前私が泊まった部屋の窓側から中を覗きたい。公爵夫人にこんなことをできるのは私しかいないから来た」

衛兵たちは顔を見合わせたが、元帥が何事にも迅速であることをモットーにしているのは有名なので、急いではしごを用意した。ランドルフは士官二人にはしごを支えさせて、二階の、以前彼が泊まったことのある部屋の窓枠まで上る。

——何事もなかったとしても、すぐにアメリアを連れて帰ろう。

故郷の絵を描きたがっていたアメリアには悪いが、命のほうが大事だ。

だが、窓の向こうには、銃を構える女がいて、その銃口がアメリアに向かっていた。

——アメリア！

そのとき、ランドルフの脳裏に三年前の戦場が蘇った。それは一瞬のことだったが、ランドルフにはとてつもなく長く感じられた。


あれは春のことだった。まだ肌寒い日が続く中、一日だけ訪れたうららかな日で、温かい風が静かに吹いて肌を優しく撫でてくれた。いや、正確にいうと撫でてくれるはずだった。だが、そんなことに気づくような者は誰一人としていなかった。

砲撃の黒い煙で優しい太陽の光は覆い隠され、風が運ぶのは噴煙だった。

砲弾に当たるか当たらないか、マスケット銃で撃たれるか撃たれないか、それは階級の上下に関係なく平等に訪れる。つまり、運次第というわけだ。ただ、悪運を怖れて尻込みすることは、軍人には許されない。許されるのは元帥ぐらいだろう。

だが、エッガーランド王国軍元帥であるランドルフは攻撃のときは先頭に立ち、退却のときは後方に立つ。それが彼の美学だった。

そんな彼をいつも心配する側近がいた。ランドルフの幼馴染《おさななじみ》であり、中将のマクスウィーニー伯爵、エヴァンだ。馬を近づけ、周りに聞こえないように助言してくる。

「ランディ、ここは敵の砲撃が届く距離だ。もっと下がろう」

元帥にこんな口が利けるのはエヴァンぐらいだ。ただし、ほかの者がいるところでは立場をわきまえて、ランドルフを元帥閣下と呼んでいた。

青鹿毛《あおかげ》の愛馬に跨るランドルフは、エヴァンのお小言は聞き飽きたとばかりに、剣を振りかざして指令を出す。

「ラッパ手、まずは第二師団に指令を。突撃ラッパ！」

ラッパ兵がラッパの音で指令を伝える。すると砲撃の中、一斉に騎兵が駆け出した。これでフェネオン共和国の砲兵に襲い掛かり、砲撃を止める。ここからは、命中率の低いマスケット銃など無用となり、白兵戦となる。

エッガーランド王国軍の全勢力が襲い掛かったと見せておいて、実は温存している三万六千の兵が残されており、側背から襲い掛かるタイミングを今か今かと待っていた。

だから、ランドルフはできるだけ前面にいて、単眼鏡で戦況を見て、側背攻撃が最も効力を発揮する時機を狙っていた。

そのとき、ランドルフの愛馬が悲鳴のような嘶《いなな》きを上げた。銃弾を受けたのだ。ランドルフは地面に投げ出される。

「ランディ！」

咄嗟のことで、ほかの者が聞こえるような声で、エヴァンが元帥をあだ名で呼んでいた。家族以外で、ランドルフをあだ名で呼ぶ者は後にも先にもエヴァンだけだ。

「私は大丈夫だ」

ランドルフはすぐに立ち上がる。

将校なのにエヴァンが誰よりも先に駆け寄ってきて馬から降り、手綱をランドルフの手に握らせる。

「早く私の馬に乗ってくれ。指揮してもらわないと！」

次の瞬間、エヴァンがなぜかランドルフを突き飛ばした。ランドルフが何事かと思い、顔を上げると、エヴァンが銃剣を取り出して、ランドルフの背後に突撃した。そこには騎馬の槍《やり》兵がいて、次の瞬間、エヴァンから血しぶきが噴き出した。彼の胸には槍が突き刺さっていた。

ランドルフは銃を手に取る。一発で決めないと、装填している間に殺《や》られる。男の頭に照準を合わせて引き金を引く。騎馬槍兵の頭部に命中し、血が噴き出す。と、同時にエヴァンがランドルフに倒れかかった。

どくどくと血を流すエヴァンを抱きしめて、ランドルフは叫んだ。

「軍医のもとへ運べ！　今すぐだ！」

エヴァンが生き返るわけがないことはわかっていたが、叫ばずにはいられなかった。そして、ランドルフはここでじっとしているわけにもいかなかった。駆けつけた佐官にエヴァンを託し、エヴァンの馬に飛び乗る。再び単眼鏡を覗き込んだ。

「ラッパ手！　今度は第三師団が突撃する番だ！」

再びラッパ音が響く。側面の丘に突如として騎馬兵がずらりと現れ、フェネオン共和国軍は総崩れとなる。これでエッガーランド王国の勝利は決まった。だが、大勝利に導いたというのに肝心の元帥の心は空っぽになっていた。

エヴァンはランドルフにとって、たった一人の親友だったのだ――。

エヴァンを亡くしたあと、やっと愛する女性《ひと》を得たというのに、今、そのアメリアもまた、ランドルフのせいで命を落とそうとしている。

――今度こそ、死ぬのは私だ！

ランドルフはサーベルの柄頭《えがしら》でガラスを割ると同時に彼の妻に飛び掛かった。

発砲音とクロエの叫び声を彼は聞くことができた。つまり、発砲後もまだ生きていたということだ。ただ左腕に激痛が走り、その場にへたり込む。視界は真っ赤だ。血が噴き出していた。

――まずいな。

秘書官が気を利かして、腕のいい軍医を連れてきてくれていることを祈るのみだ。

「ランドルフ……！」

悲痛な表情とはいえ久々にアメリアの顔を見ることができて、ランドルフはとりあえず即死でなくてよかったと思った。

「ちょっと私の体……支えていてくれ」

ランドルフは自分でも自分の声が弱々しくて驚く。無事だった右腕にも力が入らない。

彼は立てた膝に前腕を置いて右手を固定する。こんな状態で命中させる自信はないが、この最新式の銃は連続発射できるので、再度撃てばいいことだ。

女が弾を詰め終わる前に、ランドルフは親指で撃鉄を起こして引き金を引いた。

まずは女が持つ銃を狙った。男なら心臓を狙ってもいいが紳士の礼儀だ。だが、彼女の手を掠めるだけだった。

――妻の前で格好悪いな。

次に彼女の腕を狙って撃つ。力が尽きそうなので仕方がない。二の腕に命中し、女が倒れたところで、銃声を聞いた衛兵たちが回廊側からなだれ込んできて、女を捕捉した。

ランドルフはアメリアに背後から抱きしめられて、かろうじて上体を起こせていた。

思ったより出血が多い。このままなら失血死もあり得る。だが、背中に胸のふくらみを感じながらなら死ぬのも悪くない。それに、これでやっと、エヴァンへの罪悪感から解放される。

「ランドルフ……ごめんなさい。私を庇《かば》ってこんなことに……！」

子どものように泣きじゃくっているアメリアの嗚咽を聞き、ランドルフは我に返った。

アメリアにエヴァンを重ね、彼女を死なせずに済んだことにランドルフは安堵していたが、違う。このままではアメリアがランドルフになってしまう。

親友を死なせた苦しみにさいなまれ続けたランドルフに――。

――これだけは言っておかないと。

「アメリア、もし万が一、私が死んでも絶対に君のせいじゃないし、君には幸せになってほしい。私のことは忘れ……」

「忘れられるわけないでしょう！」

アメリアが泣きながら怒っている。

――君でも、こんな大声を出せるんだな。

「父親になるかもしれないのに、なんで生きようとしないんです！」

「こども……?」

子どもができたのかと聞きたかったが、ランドルフにはもうそれだけしか発語できなかった。

「まだわからないけれど……もうできていてもおかしくありませんわ。だって、あなたってば、できるようなことばっかりして……そのために結婚したんでしょう⁉」

ランドルフはもう上体を起こしていられなくなっていて、彼女の膝枕でアメリアを見上げていた。かろうじて開けた瞼の隙間から、アメリアの青い瞳に大粒の涙があふれるのが見えたと思ったら、その雫が彼の頬に落ちた。

愛していると以前、伝えたつもりだが、アメリアは、あくまでもランドルフの目当てが跡継ぎだと思っているようだ。

「……ちが……あいして……」

渾身の力でそうつぶやいた。つぶやいたつもりだが、ランドルフには、それが人に伝わるほどの音になっていたかどうかもわからなかった。

――エヴァン、優しいおまえのことだから、もしかして死ぬ間際、こんなふうに私のことを気にかけてくれたのかな?

だとしたら、エヴァンと違って、ランドルフにはアメリアに気持ちを伝える猶予が与えられた。それだけでも神に感謝してもいいと、ランドルフは思った。

第七章　心の傷

ランドルフの瞳がかすかに開いたので、アメリアはベッド脇の椅子から上体を浮かせ、彼の顔に顔を近づける。ランドルフの口元がゆるんだと思ったら、すぐに歪《ゆが》んで片目が細まった。

「痛むのですか？」

「大したことない。君を抱く力ぐらいは残っているさ」

ランドルフがおどけて右手をアメリアの首に回してくる。アメリアは目に涙を浮かべて彼の頬にくちづけた。

「……どちらかというと、頬より唇に……」

こんな軽口を叩く余裕があることがうれしくて、アメリアは唇に唇を重ねた。

「アメリア、君が好きだ。愛している」

「わ、私だって」

ランドルフが意外そうにアメリアの顔を覗き込んだ。

「君が、私を……？」

アメリアは、どくん、どくんと自分の中が心臓の鼓動でいっぱいになったように感じた。それを抑えようと手を胸に当てる。

「私だって愛しています。たとえ、絵の支援をしたかっただけだとしても、意中の女性《ひと》がほかにいらしたとしても、跡継ぎが目当てだったとしても……あなたと結婚できてよかったです。あなたがいなくなるかもしれないと思って……やっとわかりました……」

アメリアの瞳から涙がぼろぼろと零れ落ちる。

――泣くつもりなんかなかったのに……！

アメリアは慌ててハンカチーフで目を覆った。

「愛している？　私を……？　それより、なんだ、その絵の支援とか意中の女性《ひと》とかいうのは」

「だって……私、知っているんですよ。チャリティーに出した絵を気に入って私に求婚したこと。あと……公園で見かけましたわ。ストロベリーブロンドのきれいな方と歩いてらっしゃるところ……」

アメリアはたとえ彼女の身代わりだとしてもランドルフに付いていくと腹を括っていた。だからようやく口にすることができたのだ。知ることを恐れずに本当の彼と向き合いたかった。

ランドルフが、アメリアの双眸を覆うハンカチーフを奪う。

「アメリアに嫉妬してもらえるなんて光栄だな。三日間会えなかったんだから、ちゃんと顔を見せてくれないか?」

「ちゃ、ちゃかさないでください」

——こんなに問い詰めて、嫉妬深い女だと思われてしまうかも……。

「ちゃかしてないよ。少し長くなるが、君にたどり着くまでの私の話を聞いてくれないか?」

アメリアはこくりとうなずいた。


母親同士の仲がよかったので、幼いころから私はエヴァンという一歳年下の伯爵家嫡男とよく遊んでいた。

私は絵に興味はなかったが、エヴァンは親の影響で芸術に造詣が深く、私の邸の絵画ひとつひとつについて熱く語ってくれた。

今まで空気のような存在だった見慣れた絵画に、突如として画家やモデルの人生が浮き上がる。忘れられない体験だった。エヴァンは絵画に生を吹き込んでくれたのだ。

しかも彼は絵画について話をするとき、いつもとても楽しそうで、口癖は『これは歴史に残る絵だ!』だった。そう。私が君の絵を評するときに使う言葉はエヴァンの受け売りなんだ。

そんな〝好きなもの〟を持っている彼を、私は羨ましいと思ったし、憧れていた。

恋愛とかそういう意味ではなく、無趣味な私にとって、〝好きなもの〟といえばエヴァンぐらいなものだった――。

だが、十四歳のとき、私は当時、王国軍大将の地位にあった父を亡くしてホルバイン侯爵位を襲爵し、軍人一族として士官学校へと進んだ。

なぜか翌年、エヴァンまで士官学校に進学してきた。自惚《うぬぼ》れかもしれないが、彼もまた、自分にないものを私に感じ、私に憧れてくれていたのではないかと思う。

私が二十七歳のとき、隣国フェネオン王国の国王夫妻が斃《たお》され、軍事政権が樹立した。隣国は我が国のように貴族こそが戦争の矢面に立って国民を守るという概念がなく、軍は形骸化した元帥位だけが貴族で、あとのほとんどは平民というか、平民が出世する唯一の道が軍人になることだったのだ。

隣国の政変を受け、我が国では、ますます貴族が軍事を担うことをよしとする機運が高まり、この年、私は大将に昇進した。

しかし、国王夫妻という精神的支柱を失い、周辺国との輸出入が途絶えたことで追い詰められたフェネオン共和国は周辺国に侵攻し、我がエッガーランド王国も例外ではなかった。

そんなこともあろうかと、我が国も国境近くに派兵していたが、ヘーゼルダイン元帥伯爵が現場を視察しに行ったところを暗殺され、宣戦布告もなしに開戦となる。元帥が戦死したことで、二十九歳にして私が元帥に叙された。

我が国の領土が戦場となった。しかも市街戦だ。住民を逃しつつ戦わなければならない。私は今まで読んできた戦史の知識を総動員してこれに当たった。

戦争は心理戦だ。相手の心理をいかに読んで、いかに騙《だま》すか。そうして戦死者を最小限に留めるのだ。

一ヵ月もして、あと一歩で国境の丘陵に敵を追い詰められるところまで来た。そんなときエヴァンが、丘陵へと続く道沿いにキースリー美術館があるからルートを変更しろと言ってきた。それを言うなら、そのルートには養豚場もあるし、もうすぐ実を付けそうな畑もあるし、有名建築家が設計した城館だってある。

私は元帥だ。人命を預かっている。そして、私情を挟まないことを美徳と考えていた。幼馴染を厚遇しているとも思われたくなかった。

それなのに、エヴァンは……いつも私の気持ちに寄り添ってくれる弟のようだったエヴァンは、キースリー美術館にどんな美術品や名画があるかについて力説してくる。

そんなことは私にだってわかっている、わかっているつもりだった。幼いころはうれしかった名画の解説が、この緊急事態に何を言い出すのかと、腹立たしくしか感じられなかった。

だから私は敢えて聞く耳を持たず計画を遂行した。美術館は主戦場にはならなかったが、どさくさに紛れて美術品を略奪された。雌雄を決する場になったのは幸か不幸か美術館ではなく農家で、そこら一帯が燃えた。だが、結局、敵を市街地の外に追い出すことができた。

最終決戦の丘陵では、残った敵兵五万二千を五万七千の軍勢で追い込み、対等に戦えると敵に思い込ませたところで、側背から三万六千の兵で襲い掛かり、敵を総崩れにさせた。

我が軍は大勝利に沸いたが、私には成功とは全く思えなかった。側背から奇襲する時機を計っているときに、私の馬が被弾し、落馬した私を助けようとしたエヴァンがそのせいで殺されたからだ。


「あのとき、私が落馬しなければ……。あんなに前面に出ていなければ……！」

ランドルフの顔が急に険しくなり、右手で自身の双眸を覆った。

アメリアは咄嗟に身を乗り出して、彼の頭をかき抱く。浅くベッドに腰かけた。

「……わ……私は戦いのことはよくわからないけれど……ランドルフのおかげで、夫や息子を亡くして悲しむ方は最小限で済んだのでしょう?」

そんなことをわかった上でランドルフは苦しんでいるのだろうけれど、アメリアは何かを言わずにはいられなかった。

「……彼の遺品の中から、美術館を避けて敵を攻略する方法が、得意の絵でわかりやすく描かれている作戦ノートが見つかったんだ。その作戦に穴がなかったといえば嘘になる。だが、穴のない作戦など存在しない。歴史に『もしも』などないが、もしかしたら、これでも勝てたかもしれないという内容だった」

「それで……芸術を支援するようになったのですか？」

アメリアが彼の頭を撫でると、ランドルフが目元から手を外す。彼の瞳から剣が消えていた。

「せめてもの償いだ。ただ、皮肉なもので蒐集《しゅうしゅう》していくうちに芸術の素晴らしさが私のような無粋な軍人にもわかるようになった。だからこそ、〝少々の美術品〟が貴重な人類の遺産だったと思い知らされたし、君の絵が後世に残る絵だということもわかるようになった」

「……買いかぶりですわ」

ランドルフが、ふっと小さく笑ってから、再び遠い目になった。

「戦場から帰国してすぐに、エヴァンの妻であるマティルダを訪ねたところ、『あの人を返して』と、号泣された。当然のことだ。そして自邸に戻ると母が病で命を落としていて、遺言には、跡取りを残してほしいと切々と書いてあった。私は親不孝者で、生前、結婚を勧められるたびに『いつ死ぬともわからないから』と、一人息子を持つ母親からしたら残酷だったであろう言葉で断っていた。子作り云々《うんぬん》の話を君にしたのはそういうわけさ」

彼の口の端が皮肉っぽく上がった。

「でも、それは三年も前のことでしょう？」

「ああ。そうだ。しばらくは結婚する気になんて到底なれなかった。正確にいうと、私は幸せになってはいけないと思っていた。エヴァンとマティルダから幸せを……愛を奪ったのは私なのだから」

ランドルフがぎゅっと目を瞑《つぶ》り、眉根には苦悶《くもん》の皺が刻まれる。

そのとき、アメリアは王太子の言葉を思い出していた。

『ランドルフは真面目だから、忠実な部下だった中将をなくし、更には、戦時下のどさくさで美術品を奪われたことを今も悔やんでいる』

王太子は全てをわかった上で、ランドルフを見守っているのだろう。

「画商のギャラリーで素晴らしい絵に出会い、貴族令嬢が描いたものだと聞いて、私は、やっと見つけたと思った。芸術が支援できて、跡継ぎが生まれる愛のない結婚ができる相手が――。今思えば酷《ひど》い話で、生前、母や親友にしたことを君にもしようとしていたんだ……」

アメリアはようやく腑《ふ》に落ちた。まさか愛のない結婚が目的だったとは思ってもいなかった。

「そんな、理由で……」

「そうだ。すまないと思っている。だが、今思えば、そんなのは自分への言い訳だ。私は、ハートトリー伯爵家で初めて君と間近で会ったとき、恋に落ちてしまったんだ」

ランドルフの右手が掲げられ、アメリアの左頬に触れる。彼から愛《いつく》しむような瞳を向けられた。

「え？　嘘でしょう？　あんな小汚い格好で絵を描いていたのに……」

「豊かな髪の毛の間に輝く青い瞳がじっと私を見つめていて……あのときから君の瞳に魅せられてしまったとしか思えない。当時は絶対に認めるわけにはいかなかったけれど……」

アメリアは頬を覆う彼の手を両手で包み込む。高まる気持ちを抑えながら、ずっと知りたかったことを問うた。

「ど、どうして急に『愛している』と、おっしゃるようになったのです?」

「あれは……マティルダと墓地で再会して赦《ゆる》されたからさ。まさかそれで嫉妬してもらえるなんてね。君こそ『愛している』なんて言い出して……死にそうな人間への同情か?」

「わ……私……最近、気づいたらあなたの絵ばかり描いているんです!」

アメリアが思い切ってそう告げると、彼の黄金の睫毛がわずかに上がった。

「嘘だろう? 見たいな……」

彼の唇が弧を描くとともに瞼が閉じ、掲げた手から力が失われる。

アメリアは慌てて軍医を呼びに行った。


事件の実行犯はたったの四人で男三人と女一人だった。仲間一人が軍に拘束されたのを受けて焦燥感に駆られ、急遽《きゆうきよ》アメリアを狙ったのだ。

手口はこうだ。子爵邸の侍従や侍女から身ぐるみをはいで、その服に着替え、四人で客間に押し入った。義母プリシラの口の中に布を詰め込んで後ろ手に括り、女は、妹であるクロエを利用して下士官二人が警護しているアメリアの部屋に入り込んだというわけだ。

事件のあと、朝食の場で、なぜかクロエがびくついていた。

「あ、あのときは気が動転していて……犯人は連れて行くわ、お姉様への嫉妬を口にするわで、大変申し訳ありませんでした」

義母プリシラが懇願するようにこう言ってくる。

「どうか、公爵閣下には、クロエの言動は内緒にしていただけませんでしょうか」

今までにない丁寧な話し方だ。ここでやっとアメリアは合点がいった。二人は公爵の不興を買うのを怖れているのだ。

「クロエ、いいのよ。誰だって人違いで殺されたくなんかないわ。それに、私、今回のことで急に親近感を持ったの。まさかクロエも男性に人気がないなんて思ってもいなかったわ」

「え……？」

クロエが呆気にとられたような顔をしている。

「私も人気がなかったから、もてない女性の気持ちはいやというほどわかるの。だから、ランドルフに頼んでみるわ。きっといい人を紹介してくれると思うの」

アメリアは、クロエにまで死の恐怖を味わわせてしまったことへのせめてもの罪滅ぼしをしないと、と思っていた。

「あ、あの……もてないわけでは……」

おしゃれで社交的なクロエとしては納得できない言葉だ。理想が高いだけで、もてないわけではない。以前なら黙っていられなかったが、姉の後ろには公爵がいるので反論できなかった。

「隠したい気持ちはいやというほどわかるわ。でも姉の前で見栄《みえ》を張ることはないわよ」

「え……では……いい方を紹介してくださると？」

アメリアが『もちろん』と答えようとしたところでプリシラに遮られる。

「だ、駄目です。それだけは……。クロエ、あなた、自力で探しなさい。それでも駄目なら修道院に入るのよ」

「ええ!? 私、修道院なんていやだわ！」

「お義母《かあ》様、クロエは私と違って趣味がないから修道院はかわいそうですわ。私、ランドルフに……」

「それだけは！　それだけは公爵閣下には頼まないでほしいのです！」

プリシラは、公爵の怒りに燃えた瞳を思い出して背筋を凍らせた。

「そんなにランドルフに頼むのがおいやなのですか？」

義母に意地悪をされた自覚のないアメリアが、ランドルフの義母への悪意になど気づくはずもない。アメリアが思いつくことといったら、最近、伯爵家の財布の紐がゆるくなっていることぐらいだった。

「お義母様、ウィンスレット公爵家から援助してもらっていますよね？」

「ど、どうしてそれを……？」

――やっぱり思った通りだわ。

「だから、結婚のお世話を頼みたくないのでしょう？」

プリシラは話を合わせることにした。

「さ、さすがアメリアね……。そうなの。援助してもらっている上に、結婚相手まで頼むなんて厚かましすぎると思っているのですよ。だから……公爵閣下には何も頼まないでいただけると……！」

「もう、お義母様ったら遠慮はよしてくださいな」

「遠慮などではないのです！」

プリシラの声は悲鳴に近かった。そこから延々と押し問答が続いたことを、侍女エイダの報告で知って、ランドルフは爆笑したのだった。

――アメリア、君には誰も敵わないよ。

四日ほどして、ランドルフが移動に耐えうるようになったので、アメリアはランドルフと馬車に乗り、王都の公爵邸へと戻った。ランドルフは鉛玉を取り除く手術をしたので、包帯で腕を吊っていて痛々しい。

まだ残党がいるかもしれないということで、前後左右を騎兵に囲まれての帰還だ。

「これじゃ、王族以上の警護だよ」

ランドルフが皮肉っぽく笑った。

ランドルフはしばらく安静にするよう医師に言われ、ベッドの上で執務をしていた。アメリアは脇に画架を置いて、そんな夫をモデルに絵を描く。

——それにしても、ずっと書類ばかり読んで……。

「あまり根を詰めないほうがいいのではありませんか」

アメリアは立ち上がって、ベッドに身を乗り出す。

「君のそばで仕事をしたいだけだから気にしないでくれ。病気じゃなくて怪我だからね」

ランドルフが脇の飾り棚に書類を置いた。

「アメリア、新作もいいけれど、私を描いた絵がたくさんあるんだろう？　見せてくれよ」

「駄目です。恥ずかしいですわ。それに記憶で描くより、こうして見ながら描くほうが上手に描けますの。いつも記憶に留めようと一生懸命ランドルフを観察しているのですが、やっぱり目の前にいるようには描けないんです」

ランドルフがなぜか唖然としている。

「……それでいつもじいっと観察するみたいに見ていたのか？」

「え、あら……そんな……見られる側もわかるものなのですね」

アメリアは恥ずかしくなって火照《ほて》る頬を手で覆う。

「もしかして、あの、初めて伯爵家を訪れて庭園で挨拶したときも、そう？」

――いやだわ、最初からばれていたのね。

「そうです。部屋に戻ってすぐにあなたを描いたけれど、なんだか顔が白っぽくなってしまって……。でも、あのあと、応接の間《ま》に呼んでいただいて、もう一度観察したら、やっとどうして色が似なかったのか、わかったんです」

アメリアが真剣に話しているというのに、ランドルフが思いっ切り笑い出した。

「そんなに……変だったかしら」

また何か常識外れなことを言ってしまったのかと思って、アメリアはランドルフの言葉を待った。

「いや、同じ時間を過ごしていても、君は私が想像していたのと全然違うことを考えていたんだな……と」

まさか自分がモデル扱いされているなんて、思ってもいなかったのだろう。

「でも私からしたら、ランドルフこそ何を考えてらっしゃるかわかりませんでしたわ。それで私、いろんな誤解をして……しなくていい嫉妬までしてしまいました」

――本当に情けないわ……。

「でも、だんだん、お互いのことがわかってきた。そうだろう？」

ランドルフの右手が頬まで伸びてきた。顔を近づけろという意味だ。アメリアはベッドに手を突いて、彼の唇に唇を寄せた。すると、舌が侵入してきて口内をまさぐられる。水音が立つ。

唇が離れると、二人の間に透明な線が伸びてやがて消えゆく。

ランドルフの瞳が酩酊したように細まっていて、アメリアの心臓がどきんと跳ねた。

「今、私が何をしたいか、もうわかっているはずだよ?」

「え、そ、それは……でも……お医者様が安静にと……」

寝室には二人のほかに誰もいないとわかっているのに、アメリアはつい、きょろきょろと見回してしまう。

「じゃあ、私が横になったままでもできるように手伝ってくれ」

そう言いながら、ランドルフが上掛けを外す。

「ど……どうやって……」

ランドルフが右手でアメリアの左手を取り、彼女が座っているのと逆側へと引っ張った。

「きゃ」

アメリアは、ランドルフに覆《おお》いかぶさった。大腿の左右に膝を突いて四《よ》つん這《ば》いになる。首に巻いたスカーフをランドルフにほどかれ、胸の谷間が露わになった。

「そのまま座っていいよ」

「ここに……?」

はしたないと思いつつ、アメリアは彼の大腿に腰を下ろした。彼はガウン一枚を羽織っただけで、トラウザーズを穿《は》いていない。秘所に彼の逞しい大腿が直に当たって、それだけでぞわぞわと背筋を快感が這い上がっていく。

更にはランドルフが、ドレスの胸元から、右手を滑り込ませてきた。

「んっ」

その冷たくてごつごつとした手の感触に、アメリアは声を漏らして首を後ろに反らせる。しかも乳首を親指でぐりぐりと撫でられた。

「あっ……ランド……ルフ……」

久方ぶりに雨を受けた大地のようにアメリアの全身が喜びで震える。我知らず、太ももを動かし、彼の大腿にこすりつけていた。

「アメリア、君はどこもかしこもやわらかいよ」

ランドルフが、アメリアの大きく開いた襟ぐりをずらしたので、白い双丘が飛び出す。右手を広げて親指と薬指を使い、頂にあるふたつの蕾を同時にふにふにといじってきた。

「あぁ……そんな……とこ……んっ……んん」

アメリアが身をよじっていると、太ももに硬いものが当たる。ランドルフが感じてくれていると思うと、いよいよアメリアは高揚していき、口を開けっ放しにして吐息のような甘い声を次々と零してしまう。

「相変わらず敏感だな……。君だって欲しいはずだよ？」

「んっ……ランドルフ……く、ください」

「でもね、今日は君がくれないと。私は、ほら要安静だから」

笑いを含んだ声だった。

「ず、ずるいです」

とはいえ、今日は彼の負担を減らさないといけない。できるだけ安静に、かつ彼の欲望を叶えてあげるのだ。アメリアは膝立ちになって腰を浮かした。すると押さえつけられていた彼の雄が反り返り、彼女の太ももに当たる。

「……あぁ」

アメリアは首を傾げて目を瞑《つぶ》り、陶酔しそうになったが、「アメリア？」というランドルフの掠れた声に気を取り直し、彼の胸板に手を突く。

彼のガウンは艶やかなリネンで気持ちいいといえばいいが、しなやかな胸筋には敵わない。

アメリアは彼のガウンを左右に開いた。

「何してるの？」

「だって、ガウンより肌のほうが気持ちいいんですもの」

アメリアは前傾し、頬と上体を胸板に着ける。猫の伸びのような格好になった。

「気が合うね。私もこのほうが気持ちいいよ」

アメリアが顔を上げると、ランドルフの高い鼻が目に付く。その下で、彼の唇は満足げに口角を上げていた。アメリアはうれしくなって手を下肢のほうに伸ばし、彼の膨れ上がった性をそうっと手で包んだ。

「く……」

触れただけなのに、ランドルフが声を漏らした。

アメリアは彼の表情を覗き込みながら手を筒状にして、彼の剛直の根本から尖端までを行ったり来たりさせた。

「……アメリア……そんな……」

ランドルフが双眸を細めていて妙に色っぽい。ずっと見ていたいが、相手は怪我人《けがにん》である。

「ごめんなさい。すぐに参りますわ」

アメリアは上体を起こし、彼の切っ先を自身の蜜口にあてがう。その生々しい感触に、うっかり「あ……ん……」という悩ましげな声を漏らしてしまった。

「一人芝居は駄目だよ、二人じゃないと」

ランドルフは右手だけで彼女の腰を支えて、下から腰をぐっと押し上げた。

「あ……あぁ……」

彼が入り込んでくる感覚にアメリアは酔いしれ、動きを止めた。

「さあ、あとは腰を下ろすだけだ」

「は、はい」

怖くて一気に落とせず、アメリアは少しずつじりじりと下げていく。

——ランドルフと溶け合っていくようだわ……。

陶然としながらも、アメリアはなんとか根元まで取り込んだ。彼の鋼のような腰と自身の太ももが密着する。ランドルフと同化したような感覚で頭がいっぱいになった。はぁはぁとアメリアは必死で呼吸をする。

「アメリア、ずっとこのままだと私は生殺しなんだが？」

「え……？　ど、どう……？」

——どうしたら気持ちよくな……。

「あぁん！」

ランドルフに腰を掴んで揺さぶられ、アメリアは背を仰《の》け反《ぞ》らせた。すると中で熱杭の角度が変わり、更なる快感に襲われる。

「ラン……ドルフ」

アメリアは上体を小さく震わせ、涙で滲んだ瞳で彼を見下ろした。

「そうだ。動くと気持ちいいだろう？　私もだよ。さあ、アメリア。自分で自分が気持ちよくなる方法を探すんだ」

「は……は……い」

アメリアは過ぎたる快楽に耐えるのでいっぱいいっぱいなのだが、早く彼を気持ちよくしてあげたい。その身をびくびくと痙攣させながらも、腰を左右に揺らす。これはこれで中が掻き回されるようでたまらない。

「ふぁ……あ……」

——また、私ばっかり……。

彼の右手が伸びてきて、左胸の頂点を指でぐりぐりとねじられる。

「あっ……そんな……あっあっ」

「今度は前後に動いてごらん?」

アメリアは全身を甘い痺れに包まれて朦朧としながらも、腰を押しつけるように体を前後に揺らした。そのたびに彼を根元まで咥え込んだような感覚に夢中になり、次第にその動きが速くなっていく。

「ああ……そうだ……アメリア、うまく……でき……そんなに、強く……」

切なげなランドルフの声にアメリアの心は昂る一方だ。そんな状態で、ランドルフに腰を突き上げられた。

「ああ!」

アメリアは情欲のうねりにからみ取られ、上体を支えられなくなっていく。ランドルフの胸板に崩れ落ちた。頬を彼のなめらかな胸筋に着けて、蜜壁をびくびくとさせる。

「あぁ……アメリア、感じているんだね……。でも……まだだ。まだいけるよ」

──え？

ランドルフが彼女を抱えたままごろりと回転した。違う角度で肉襞がこすられ、アメリアは「あっ」と小さく叫んだ。

ランドルフは、仰向けになったアメリアの背に無事なほうの右腕を回して体を支える。

「すごい。ひくひくして、もっと欲しそうだ」

アメリアは、顔が燃え上がりそうになる。蜜壁できゅうきゅうと彼自身を締めているのが急に意識された。

──いえ、待って。

それより、ランドルフは安静にしないといけなかったはずだ。

「ランドルフ、腕……腕は？」

ランドルフが、自身の負傷をやっと思い出したような顔になる。

「骨折じゃないから平気だよ。腕を吊っていることにあまり意味はない。アメリアが左腕の外側をぶったりしなければ、平気だよ」

「そ、そんなことしな……あっ……ああ！」

回転したことで外れかけていた熱塊をランドルフが、ぐっと最奥まで押し込んできたのだ。

アメリアは彼の脱げかけのガウンにしがみついて喘ぐことしかできなくなってしまう。

「そうだ……そうやって、私を一生離さないでいてくれ」

ランドルフは、怪我をしたほうの腕を上にして体を傾けたまま、少し退いては彼女の最奥まで猛った性で貫く。何度か繰り返すうちに、アメリアの瞳は潤み、頬は紅潮し、開けっ放しの小さな唇から滴りが垂れてきた。

——なんて、愛おしい。

アメリアは何をするにしても全力で臨む。手を抜くなんてことを知らない。そして今、ランドルフを無我夢中で受け止めてくれている。彼の性を愛撫する彼女の蜜襞のひくつきが強くなり、頻度が上がっていく。

「アメリア……ともに果てよう……いいね？」

「は、はぃ……あっ！」

アメリアが小さく叫んだので、ランドルフは彼女の中で爆ぜる。同時に彼のガウンを掴んでいた手から力が失われ、敷布の上にくたりと落ちた。

ランドルフは彼女の中から性を抜き、隣に寝そべって頬杖《ほおづえ》を突く。

アメリアは今、胸元が開《はだ》けていて、そこには仰向けでもつんと上向くふたつの丘がそびえていた。肌が白いだけに首元から胸にかけて薔薇が咲いたようだ。そしてスカートはめくれ上がり、白い太ももが露わになっていた。蜜と白濁に濡れて——。

——蜜……!?

そういえば、アメリアはこんなことを言っていた。

『ちょうど月のものの時期ですから、子作りもできませんし……』

なぜ、今、睦《むつ》み合えたのだろうか。

「アメリア！」

ランドルフは上体を起こし、背を屈めてアメリアの頬を右手で覆った。

「……ランドルフ？」

アメリアが片目だけ薄く開けた。寝ぼけたような表情が可愛らしい。

「アメリア、今、月のものはずじゃなかったのか？」

アメリアの大きな目が更に大きく見開かれた。

「そ、そうです……！　私ったらすっかり忘れて……！」

アメリアも起き上がり、ランドルフの右腕にすがりついた。

「君にも医師が必要だな」

「嘘みたい……うれしいです。あなたの子どもが……本当に？」

アメリアが腹部に視線を落とすと、顔をかっと赤らめた。乳房がむき出しのままだったからだ。彼女が慌てて胸元を直している。

ランドルフは右腕でアメリアを抱き寄せた。アメリアの頭が彼の胸によりかかる。

「もう一度言うが、結婚したのは君を好きになったからだ。子どもは口実にすぎない」

アメリアが困ったように小さく笑った。

「子どもが目的じゃなくなったとたんに授かるなんて……おかしいですわね」

「おかしくないよ。だって君、怒ってくれたじゃないか。父親になるかもしれないのにって」

ランドルフは片腕でアメリアをぎゅっと抱きしめる。ふわふわの髪が彼の顎をくすぐった。

「そう言った私が母親になるかもしれないことを忘れてしまっていましたわ」

アメリアが自分に呆れるように眉を下げる。

ランドルフは小さく首を振って返す。

「あのとき、私はとてもうれしかったんだ。アメリアが怒ってくれたから」

アメリアが目を丸くしている。

「……ランドルフのことを変な人だと思うときがありますわ」

「君ほどではないよ」

ランドルフはアメリアの頬にそっとくちづけた。


一ヵ月もすると、ランドルフの生活は平常に戻った。今日は一ヵ月半ぶりの王宮舞踏会の日だ。ランドルフは軍司令部から王宮に直行することになっている。

アメリアは王太子妃ヘルガに妊娠の報告をしようと思い、王宮舞踏会の前に会う約束を取りつけていた。今のところ、つわりはないが、もしかしたら肖像画の制作がスムーズにいかなくなるかもしれない。

王太子妃のための控室にアメリアは通され、驚きのあまり声を出しそうになる。

奥にある長椅子に腰掛ける女性の髪が目の覚めるようなストロベリーブロンドだったからだ。

――顔は見えないけれど……もしかしてランドルフの親友の、奥様……？

動揺するアメリアに気づいているのかいないのか、ヘルガが心配そうに近づいてきた。

「旦那様、大変でしたわね」

アメリアは挨拶をしていないことに今更気づいて、腰を落とす礼をする。

「王太子妃殿下、ご機嫌麗しゅう。ご心配ありがとうございます。本日は久方ぶりに、夫とともに舞踏会に参加させていただきます」

「あら、いいのよ。そんな固い挨拶は。今日はアメリアに会わせたい人がいるの」

奥にある長椅子から立ち上がった女性がこちらを向いた。ストロベリーブロンドを紐状のアクセサリーでゆるく結い上げている。ドレスは明らかに舞踏会用ではなく襟の高いシックなデザインで、それがまた彼女の美貌を際立たせていた。

彼女がゆっくりと優雅にアメリアに近づいてくる。

「ウィンスレット公爵夫人、初めまして。私は、マクスウィーニー伯爵の母である、マティルダです」

――伯爵の母親……ということは息子さんがいらっしゃるのね！

この女性が完全に孤独ではないことに、アメリアは安堵した。

「マティルダ様、初めまして。私はウィンスレット公爵夫人アメリアと申します」

亡き親友の奥方から赦しをもらえたと、ランドルフから聞いていたものの、いざ対面すると緊張してしまう。

マティルダが紫の瞳を細めて妖精のような微笑を浮かべた。

「なんてお可愛らしい方なのでしょう。ランドルフ様が心奪われるはずですわ」

「そ、そんな、とんでもありません」

そもそも二十一歳のいい歳《とし》をしたアメリアが可愛いと言われること自体がおかしい。

――かといって色気があるわけでもないから仕方ないわね。

「私、どうしてもアメリア様にお会いしたくて、王太子妃殿下に顔合わせを頼んだところ、本日、いらっしゃると聞いて飛んで参りましたの」

「そ、そうでしたか……」

どんな要件なのかと、アメリアは身構えてしまう。

――実はランドルフのことを好きだった、とか？

一瞬、そんな考えがよぎったが、ご子息もいるのだからと、アメリアは邪推を打ち消した。

「私、ランドルフ様に、ひいてはアメリア様に申し訳ないことをしたと思っているのです」

どちらかというとランドルフが申し訳ないことをしたと思っていたので、アメリアは驚く。

「そ、それは、なぜですの？」

恐る恐る聞くと、マティルダが真摯な眼差しを向けてきた。

「私、夫であり、息子の父親であるエヴァンを亡くして気が動転して……三年前、ランドルフ様に『あの人を返して』と詰め寄ってしまったのです。ただ、未亡人のたわごとなんて、元帥閣下ともあろうお方が気になさらないものだと思って忘れておりました。ところが、先日、ともに墓参りをしたいというお誘いを受け、三年ぶりにお話しして……私が残した爪痕の深さに愕然とした次第です。アメリア様にも申し訳なく思っております」

「私にも……？」

アメリアが目をぱちくりとさせると、夫人の笑みが翳《かげ》りを帯びた。

「少し長くなりますが、そのときの会話をお伝えしてもよろしゅうございますか？」

「も、もちろん、お願いいたしますわ」


あれは私の夫、エヴァンの誕生日でした。私が墓地に着いたとき、ランドルフ様はエヴァンの墓前に、大きな青い花束を置いていました。青は夫が最も好んだ色です。

ランドルフ様は私に気づくと少し頭《こうべ》を垂れました。

『半分諦めていたのですが、いらしていただけてよかった』

そのとき私は初めて気づきました。今も私がランドルフ様を恨んでいると誤解されていることに。

『……あのときは気が動転して大変失礼なことを申し上げました』

『いえ、当然のことだと思っています。私もエヴァンを亡くし……私にこんなことを言う資格はないけれど……辛かった、苦しかった』

『エヴァンを亡くして悲しいのは私だけではないのに……ごめんなさい』

よく考えたら、私よりもランドルフ様のほうがエヴァンと過ごした日々は長いのです。

『いえ、いいのです。あなたに比べれば私の悲しみなど、エゴのようなもの』

『そんなことありませんわ』

私も青い花束を墓前に手向け、心の中でエヴァンに祈りました。あなたの大好きなランドルフ様をあなたから解放してさしあげてくださいと――。

私は祈りを終えると、ランドルフ様を散歩に誘いました。夫の墓はレヴィンズ公園の中にあるのです。

『ご結婚なさったそうですわね』

明るい話題に変えようと思ったのに、ランドルフ様ときたら、お謝りになるんですのよ。

『すみません。母の遺言が後継を残すように、とのことだったもので』

『そんな理由、奥様におっしゃっていないでしょうね？』

『言った……、最初に』

なんということでしょう！　ランドルフ様だけでなく、関係のない方まで不幸の連鎖に巻き込まれようとしているのです。

『本当にあなたたちは……』

ランドルフ様をどう説得したらいいのかと思いあぐねて、私は言葉を失ってしまいました。

するとランドルフ様が話を継ぎました。

『更に愚かなことに、私は妻に惚れてしまってね。今更、愛しているなんて言っていいものかどうか』

私は呆気にとられました。

『いい？　いいに決まっていますわ。早くあなたの愛情を言葉で示すべきです。言葉にしないと通じないことはたくさんあります。大事にしてあげてください』

『妻に絵の才能があるという噂も届いていますか？　きっとエヴァンも、彼女の絵を見たらこう言う。「これは歴史に残る絵だ！」とね』

私は愕然としました。ランドルフ様はまだエヴァンの亡霊に支配されているのです。よく考えたら、彼らは母親同士が親友だったので、生まれたときからの付き合いで、双子みたいなものかもしれません。

『閣下ともあろうお方が、馬鹿なことをおっしゃらないでくださいませ。エヴァンはもうおりませんのよ？　あなたはあなたですわ。エヴァンではありません。私、すごく後悔しているのです。生前、私、ランドルフ様に嫉妬していたことを』

『え？』

ランドルフ様が意外そうに目を少し見開かれました。

『あの人はいつもあなたのことばかり。だから私、あまり素直になれなかったのです。本当は私、エヴァンのことが大好きだったのに』

今度、驚くのはランドルフ様のほうでした。

『エヴァンが？　エヴァンは私の前ではあなたのことばかり話していましたよ。それで結婚はいいぞ、私にも早く結婚しろって母のようなことまで言って……』

『嘘……！』

私、そんなこと知りませんでした。エヴァンは、愛しているという言葉はくれたけれど、私は、てっきり彼の心は親友で占められているとばかり思い込んでいました。だから、私、彼が元帥を守ろうとして戦死したと聞いて、私よりもランドルフ様を選ばれたのかと――。

あまりの不意打ちに、私が涙を零してしまいましたの。

『……あの人……なんて不器用な……人だったんでしょう』

ランドルフ様が屈んで私の手を取って心配そうに覗き込んできました。二人とも、本当に双子のよう。二人とも優しくて不器用ですわ。そして、ランドルフ様は自身の片割れを亡くしてずっと苦しんできたのです。

　私は今日こそ解放してさしあげなければと思い、涙を拭いて彼を見つめました。

『ランドルフ様、あなたまで不器用になる必要はありませんわ。あなたは親友を失い、お母様も亡くされました。でも、愛する奥様を得ることができました。愛していらっしゃるならこれ以上のことはありません。堅物の元帥が奥様に首ったけという噂、届いていますわよ』

　ランドルフ様が照れたような表情になりました。

『すみません』

　十年近く前にエヴァンと結婚して、何度もランドルフ様にお会いしたことがありますが、こんなお顔、初めて拝見しました。

『お謝りになるの、本当におやめになって。生きている方を全力で幸せにしてあげてください。そして今度、奥様と遊びにいらっしゃいませんか？　息子がどんどんエヴァンに似てきていますの』

　ランドルフ様が意外そうに目を見張り、『ありが……とう』と、喉を詰まらせた様子で、つぶやくようにおっしゃいました。

『少なくともエヴァンは、大好きな〝ランディ〟が苦しむことなど望んではいませんわ。だからあなたを助けようとしたのでしょう？』

　私はエヴァンになったつもりで、彼の背を撫でました。

マティルダの話を全て聞き終えたとき、アメリアの頬には涙が伝っていた。

——私……なんて愚かだったのかしら。

ランドルフが親友の妻を通して、亡き親友に赦しを乞うているところを見て嫉妬してしまったのだ。しかもその後、ランドルフがやっとアメリアに愛の言葉を伝えられるようになったというのに、素直に受け入れられなかった。

「マティルダ様。ありがとうございます。今、やっと夫が理解できたように思います」

アメリアは、マティルダの隣で涙ぐむヘルガに顔を向けた。

「妃殿下、マティルダ様とお話しする機会を設けてくださり、ありがとうございました」

「いいのよ。私も知らないことがあったわ。ウィンスレット公がこんなに苦しんでいたなんて……。アメリア、幸せにしてあげてね」

——本当に妃殿下はお優しくていらっしゃるわ。

「は……はい。以前なら、そう言われても幸せにする自信がなかったと思うのですが……この子が産まれたら、きっとランドルフは幸せになれると思います」

アメリアは妊娠の告白に心臓をどきどきさせながら、まだふくらんでいない腹に手を置いた。

「まあ！」

マティルダが身を乗り出し、両手でアメリアの手を包んだ。マティルダの瞳は潤んでいた。

「アメリア様、本当によかったですわ。回り道をされたようですが、今度こそ、ランドルフ様とお子様とお幸せに」

「ええ。ありがとうございます。子どもが生まれる前にお話をお伺いできてよかったです」

それまでは神妙な顔で二人の話を聞いていたヘルガの口元が急にゆるんだ。

「アメリア、でも私は噂を聞いていたから、全然驚かないわよ」

アメリアはきょとんとしてしまう。

「だって、アメリア、下士官たちが見守る前で、負傷した元帥に説教したらしいじゃない。子作りばかりした挙げ句に死ぬなんて許さないって！」

「え、ええ⁉　それは……少し尾ひれがついていますわ。許さないなんて言っていませんもの」

「あら、ということは、子作りに相当励んでいたという部分は本当ということね？」

ヘルガが好奇心いっぱいに尋ねるものだから、マティルダまで頰を赤らめて笑い出した。そんなマティルダにヘルガが冗談めかしてこう告げる。

「マティルダ、軍部でも、あの真面目な元帥がっていう話題でもちきりだそうよ」

ヘルガが扇を広げて口元を隠した。目を細めて少し震えているので絶対に笑っている。

「私、あのとき必死だったものですから……」

うなだれるアメリアにヘルガが「いやだわ。落ち込まないで。それだけ、奥様に魅了されているということなのだから、いいじゃないのよ」と慰めた。

「私もこれを聞いて、やっと安心できましたわ」

マティルダが、ほっとしたような表情でうなずいている。

──ごめんなさい、人前で言うようなことではなかったわ！

アメリアは心の中でランドルフに謝った。


アメリアは王太子妃殿下の控室を辞したあと、ランドルフと合流して舞踏広間に入る。

ランドルフが開口一番、こんなことを聞いてきた。

「どうした？　目が腫れているよ？」

──化粧直ししたのに……。

ランドルフはごまかせない。

「王太子妃殿下が、マティルダ様と引き合わせてくださったのです」

ランドルフの目がわずかに見開かれた。

「……そうか」

ランドルフは全てを悟ったようで、考え込むような表情になった。

アメリアはランドルフの右肘に両手をからめて、彼を見上げる。

「マティルダ様が、今度お邸に遊びに来るようおっしゃってくださいましたわ」

「そうだね。いっしょに行こう。実は、私はエヴァンの息子に会いたくて仕方ないんだ。もう四歳かな。あのころのエヴァンに似ているかもしれない」

ランドルフが遠い目になった。きっと二人で遊んだときのことを思い出しているのだろう。

黙ったままのランドルフにアメリアが寄り添っていたところ、いつものように、軍服姿の貴族たちがわっと集まってきた。

「元帥閣下、もう舞踏会に出られるまでに回復なさったのですね」

「負傷されているのに暗殺者に弾を命中させるなんて、普通できることではありませんよ！」

ランドルフが右手でアメリアの腰を引き寄せる。

「妻を守るために必死だったものでね」

軍人とその夫人たちの瞳が一斉にアメリアのほうを向いた。皆の顔がにやついている。

――ああ、なんてこと！

アメリアは救国の英雄を色狂いに貶《おとし》めてしまったのだ。

今の状況をランドルフに説明しなければと思い、アメリアが意を決し、爪先立ちでランドルフの耳元に口を近づけると、ランドルフが屈んでくれたので、アメリアは床に足を着け直した。

「あの……本当にごめんなさい。実は、あなたが撃たれたときに私が、子どもができるようなことばかりして、と言ったことが、噂として相当広まっているようなのです。あ、でも口が軽いって護衛の方を咎《とが》めたりしないでくださいね」

ランドルフが耳を離すと、半眼になって口を引き結んだが、片方の口角だけがわずかに上がった。まるで笑いをこらえているかのような表情をアメリアが不審に思っていると、意外な言葉が耳に飛び込んでくる。

「アメリア、その情報源は私だよ？」

「え？　どういう……？」

アメリアはランドルフを見つめたまま、ぽかんとしてしまう。

「うれしかったから、あちこちで吹聴《ふいちょう》したのさ」

顔の位置をアメリアと同じ高さに下げたまま、ランドルフが屈託のない笑みを浮かべた。

「どうして自らそんなことを⁉　恥ずかしいじゃありませんか」

「私は愛し合う行為を恥などと思っていないよ。アメリアが怒ってくれたのがうれしかったんだ。だから、妻にこんなことを言われてね……と、いろんなところでしゃべってしまった」

「も、もう。ランドルフったら、やっぱり変態だわ」

アメリアが頬をふくらませているというのに、ランドルフが急に真顔になった。

「だって、あのときやっと生きてもいい、生きたいって思えたんだ……この子のためにもね」

ランドルフが手を腹のほうにまで回り込ませてきた。

「ランドルフ……そうだったの……」

アメリアは思わず瞳を潤ませてしまう。

「閣下、我々が全く目に入ってらっしゃらないのではないですか？」

将官がおどけて言うと、どっと笑いが起こった。

だが、ランドルフが照れるどころか、自慢げにこんなことを言い出すではないか。

「それはそうだ。私が子作りに励んだおかげで、ここに私の子がいるんだよ？」

アメリアはふわりと抱き上げられ、腹部にくちづけられる。

士官たちが目を丸くして、ぽかんと見上げていた。

——う、嘘でしょう！

エッガーランド王国軍が誇る〝鋼の美神〟が地に堕ちすぎているような気がしてならない。

アメリアは彼の頭にしがみついて、恥ずかしさのあまり、士官たちから目を逸らした。

次々と湧き上がるお祝いの言葉の中で、アメリアは壁際に佇む、義母プリシラとクロエの姿を認める。まるで五年前の自分のようで見ていられない。

「ねえ。ランドルフ。うちの実家に援助していただいたお金は私が絵を売って返すから、妹にいい縁談をご紹介いただけませんでしょうか？」

「この期に及んで君は何を言い出すんだ？」

ランドルフはアメリアを少し下げて、顔の位置を合わせた。

「あ、あの、私の絵を売ったぐらいで払える金額ではないかもしれませんが、少しずつ……」

「そうじゃない。クロエは暗殺犯をアメリアの部屋に連れてきたんだよ?」

「そ、それは誰だって自分の命が狙われたら、そうしますわ」

このままでは平行線になると判断して、ランドルフは戦法を変えることにした。

「私が、誰か貴族の嫡男にクロエと結婚するよう命じて、クロエが幸せになれると思う?」

アメリアがハッとしたような表情になる。

「そ、そうですわ。ランドルフのおっしゃる通りですわ……」

「私たちみたいに、好きな人と結婚するのが一番だろう?」

ランドルフは、この戦いの勝利を確信し、にこやかに微笑んだ。

「私たちの場合、ちょっと順番がおかしかったような気もしますが……それが一番に違いありませんわ」

ランドルフは指先で、アメリアの耳の上にかかる巻き毛をくるくるともてあそぶ。

「あと、君の絵は売っては駄目だ」

「どうしてです?」

「ダイニングに飾っている山稜と白猫を描いた絵、出会うきっかけになった絵だから、どうしても欲しくて……あれは高くついたよ。つまり、結局のところ、ファンである私が全て買い占めることになるから、邸に飾っておいてもらったほうが安くつくんだ」

アメリアはうれしいやら面映《おもは》ゆいやらで「まあ」としか答えられなかった。

「お金のことは気にするな」

ランドルフがアメリアの頬にくちづけた。

もちろん、周りの士官たちに「またしても、二人の世界にお入りですね」と囃《はや》し立《た》てられたのは言うまでもない。


そのあとすぐ、アメリアはつわりが始まった。腹がふくらんでくると、長時間馬車に乗らないほうがいいと過保護にされ、結局、ランドルフとともにマクスウィーニー伯爵家の領地にある城館を訪れたのは、二年と一ヵ月後になった。

それは、アメリアが産んだ男児、フェリックスが一歳と四ヵ月、うまく歩けるようになった春のことだった。

ランドルフは、お土産に、エヴァンの好きな画家の絵画を数点持ち込んだ。

「今日は暖かいし、子どももいるから、外のほうがいいと思いましたの」

マティルダが庭園にお茶会の用意をしてくれていた。

芸術一族である伯爵家の庭園は素晴らしいものだった。様々な模様に刈り込まれたイチイの緑に囲まれた春の花々、そして、なんといっても圧巻なのが、獅子《しし》が支える受け皿の上で神々が戯れる鋳鉄製の噴水だ。そこからほとばしる水が陽光を受けてきらめいている。

テーブルに着くと、給仕により紅茶が供される。誰も座っていない椅子の前の磁器製カップにも、紅茶が注がれた。亡きエヴァンの分なのだろう。

「冗談だろう？」

ランドルフが憮然としてそんなことを言い出すので、アメリアはぎょっとしてしまう。だが、ランドルフが口角を上げてこんな言葉を継いだ。

「エヴァンと私はワインにしてくれないかな？　白で頼むよ」

「あなたたちってば、昼間から、いつもそうでしたわね」

マティルダが苦笑しながらも、ワインを手配してくれた。

子どもたちがおとなしく椅子に座っていられるわけもなく、エヴァンの六歳の息子である黒髪のブラッドリーが、金髪のフェリックスをおぶって、くるくると回っている。

フェリックスは弾けるように笑っていた。温かな日差しを浴びた二人は、アメリアの目にはきらきらと輝いて見えた。

「優しい子に育ったんだな」

そう言うランドルフの瞳は慈愛に満ちている。

「ブラッドリー様は、エヴァン様が小さいころと似ていらっしゃるのですか？」

アメリアが問うと、ランドルフが答えた。

「ああ。やはり父親の面影はある、というか、私は、エヴァンの息子の中にエヴァンを見つけたいと思っていた」

「思っていらした？　過去形ですのね」

マティルダが意外そうにしていた。

「ブラッドリーに会って考えが変わった。いや、自分に子どもができたから考えが変わったのかもしれない。当たり前だが、親は親、子は子で違う生き物だと思わないか？」

ランドルフがマティルダを見て、同意を求める。

「それは私も感じますわ。ブラッドリーはエヴァンと似ているところもあるけれど、似ていないところもあります。フェリックス様だって、ランドルフ様と同じ金髪ですけれど、瞳は奥様に似た青で、性格は……まだこれからじゃないとわかりませんわね？」

「そうだな。エヴァンの息子がこうして元気なことはうれしいが、だからといって、彼に私のエヴァン像を押しつけないようにしないと、と思う」

アメリアが夫の目を見て相槌を打つと、うなずきで返された。ランドルフが続ける。

「ただ、私とエヴァンのように、ブラッドリーとフェリックスがいい友人になってくれたらいいと思うんだ」

「そんな友人がいるのは……とても素敵なことですわ」

マティルダが手と手を合わせて感激した面持ちだというのに、ランドルフがワイングラスを置き、鋭い眼差しになる。

「……二人とも戦場に出るような事態にならないようにするのが、私の責務だ」

アメリアは場の雰囲気を変えようと、ランドルフの手に手を置いた。

「平和な時代にも、辛いことはありますわ。そのとき、二人が支え合えれば素敵ですわね」

「でもその前に、私、アメリア様にお願いがありますの」

マティルダがアメリアをまっすぐに見つめてくる。

「なんでしょう？　私にできることでしたら、なんなりと」

「ランドルフ様のお母様と私の義母のように、私とお友だちになってくださいますか？」

アメリアはこんな素敵なお願いがあるものかと胸を熱くする。

「ええ。ええ、もちろんですわ、私でよければ……。社交界に出ずに引きこもっていた時期が長いものですから、私、友人がほとんどいませんのよ」

マティルダが困ったように眉を下げて笑った。

「アメリア様ったら、本当に飾らないお人柄でいらっしゃって……ランドルフ様が惹《ひ》かれるのもわかりますわ。もし私が、その数少ないお友だちになれるなら、とても光栄なことです」

「まあ。私こそ光栄ですわ。育児のことなど、いろいろ教えてくださいね」

「もちろんですわ」

そんな二人の言葉を耳にしているとランドルフは、このテーブルにエヴァンが本当にいるような気がしてきた。彼とはお互いの母親を交えて、小さいころからよくこの庭園でお茶をしたものだ。


『ランディ、久しぶりだな』

　家族以外でランドルフを愛称で呼ぶのはエヴァンぐらいだ。

『ああ。もっと早くここに来たらよかったよ。ブラッドリーはいい子に育ったな』

『そうだ。私みたいな神童になるぞ？』

『相変わらずだ』

　ランドルフは苦笑した。

『そういう君は相変わらず真面目だな。それにしても、奥方と仲がいいようで何よりだよ』

『そうだな……。いっしょにいると幸せな気持ちになれるんだ』

『だから言っただろう？　結婚はいいぞって』

　したり顔でそう言われ、ランドルフはまたしても苦笑してしまう。エヴァンといるといつも
こんな感じだ。

『それは……相手にもよるだろう？』

『つまり、いい奥方を見つけたということだな？』

　エヴァンがランドルフを指差して、茶目っけたっぷりにそう言ってきた。

『そうだ。私にはもったいないほどにね。絵画が結ぶ縁がなければアメリアには出会えなかっ

た。私にとっては奇跡のようなことだよ』

エヴァンが可笑《おか》しそうに視線を上げて笑う。

『気づかなかったのか？　ランディが一生結婚しそうにないから、私が結びつけてやったのさ！』

エヴァンが得意げになったと思ったら、消えた。

ランドルフは彼が座っていたところにあるグラスの白ワインに目を落とす。少しも減っていない。ただ、そこに、花びらが、ひとひらの青い花びらが浮かんでいた。青はエヴァンが最も愛する色で、アメリアの瞳の色でもある。

——そうか。そうだな。

アメリアと巡り合わせてくれたのはエヴァンだ。彼になり替わって絵画を蒐集《しゅうしゅう》していなかったら、アメリアの絵と出会うこともなかったのだから——。

——エヴァン、ありがとう。

ランドルフがエヴァンに謝罪以外の気持ちを抱いたのは、彼を亡くして以来、初めてのことだった。

エピローグ

ランドルフが目を覚ますと、ベッドの上でふたつの瞳が光っていた。曲者《くせもの》ではない。同じベッドで立膝に画板を載せて座るアメリアがじっと彼を見つめているのだ。

アメリアが、またしても人が寝ている間に夫を勝手にモデルにしている。

ランドルフが起き上がり、スケッチを覗き込むと、そこには寝そべる裸の彼が描かれていた。

——相変わらず筋肉描写に気合いが入っているな……。

「あとで、服を描き込んでくれよ。特に腰から下」

ランドルフがアメリアの横に座ると、彼女の顔が絶望に歪んだ。

「ええ?　せっかく腰の左右にある窪みが巧《うま》く描けたのに……もったいないわ」

アメリアが心から残念そうにしている。

ランドルフはそんな表情を変えようと、長い指で妻の顎を取って彼のほうを向かせる。

結婚して六年経ち、子どもを三人産んだというのに、変わることなく艶やかな赤い唇。その唇に唇を重ねた。

唇が離れてもアメリアの口は名残惜しそうに半開きのままだ。

「私は君の自画像が欲しいって言っただろう？」

「私は、あなたと、子どもたちの絵に囲まれていたいの」

今やアメリアのアトリエにはもちろん、この寝室にも家族の肖像が所狭しと飾られている。

「とはいえ、当主の裸の絵なんて飾れないだろう？」

ランドルフは知っている。飾れないような絵を妻がしこたま溜《た》め込《こ》んでいることを。でも気づいていないふりをしていた。

アメリアは黙って考え込んだふうになったが、何かを思いついたようで、目を見開いた。

――こういう表情、好きだな……。

ランドルフが見惚《みと》れていると「わかったわ！」と、アメリアが線画を描きこみ始める。

「古代の神を描いたことにするの」

画布の中で寝そべるランドルフの片方の肩から腰に布の線が描かれていく。だが、古代の神の衣服はすけすけの薄布一枚と相場が決まっている。アメリアに筋肉描写を捨てる気はない。

「顔をすげ替えないと、ばればれなんだが？」

「そんな……。寝顔だって気持ちよさそうに上手く描けたのに……。じゃ、壁に掛けないで私が持っているだけにするから、いいでしょう？」

アメリアがおねだりするような上目遣いを向けてくる。

──全く、色っぽくなって……。

そんな顔をされたら、ランドルフは肌を重ねたくなってしまうではないか。

「甘えるのが上手になったな」と、アメリアを抱き寄せる。

結婚当初、ランドルフは、こんな日が来るなんて思ってもいなかった。アメリアが自分に甘えてくれるなんて──。

そう思うと彼の心は昂り、アメリアの小さな唇にかぶりつくようにくちづける。ネグリジェの上から片方の乳房を大きな手で包んだ。

そのとき、ノック音がした。

「フェリックス様がお母様にお会いしたいとのことです」という侍従の言葉と同時に、四歳の長男フェリックスが飛び込んでくる。

ランドルフはとりあえず胸から手を離し、フェリックスに上体を向けた。

「どうした？」

「ぼくもおかあさまに、キスしてほしいな」

──見られたか。

「あら、いらっしゃい。いくらでもするわよ」

アメリアが両腕を広げたので、フェリックスがベッドに飛び乗ってくる。アメリアが息子を膝にのせて、頬にちゅっと、くちづけた。

　フェリックスはランドルフと張り合うようなところがあり、優越感で半ば閉じた瞼の下で、母親譲りの矢車菊ブルー《コーンフラワー》の瞳を向けてきた。

　ランドルフは笑いをこらえて唇を引き結んだ。息子に見られないようにと、彼女の画板を取り、フェリックスの手が届かない高さの飾り棚の上に置く。

　そのとき、ランドルフは改めて寝室の壁に掛けてある絵画を見渡した。

　生まれたばかりのフェリックスを抱き上げるランドルフ。フェリックスをおぶった笑顔のブラッドリー。小さな妹が眠るベビーベッドを覗き込むフェリックス。生まれたばかりの次男を抱き上げるアメリアと彼女に寄り添うランドルフ。これは珍しくアメリア自身も描かれていた。

　どの作品も、穏やかな光に包まれて幸せそうだ。

　ランドルフはふとアメリアがこの邸に来たばかりのことを思い出した。

　アメリアはランドルフに『歴史に残る絵だ』と言われ、初めて才能を認められた喜びに打ち震えながら、涙声でこう言った。

『私は、好きなものしか描けないのです』

　彼女の好きなものは今、絵画の中にしかいないのではない。アメリアの周りにいて、みんな彼女を愛している。

　それがランドルフには至上の喜びに感じられた。

あとがき

私は独身のまま三十歳を迎えようとしているとき、母に『老嬢』呼ばわりされました。このとき初めてこの単語の存在を知りました。当時、若さを失うことに不安になっていたので、『老嬢』というパワーワードを投げかけられ、ものすごくショックでした。

できれば言われたくなかった言葉ですが、今回、小説に取り入れることができてすっきりしました。小説を書くことのメリットのひとつはここにあると思っています。記憶をリサイクルできて、あの体験は無駄ではなかったと思えました。

二十代後半のとき、三十代の先輩に、三十になると三十代の中で一番若い、いわばひよっこになるのよ、と言われましたが、今はその通りだと思っています。八十代にとって七十代は若いわけで、若いというのは比較の言葉。何歳であろうが、今を楽しめるかどうかが大事……というか少なくとも私は、老いに恐怖していた二十代後半のときより今のほうが幸せです。

アメリアは修道院に行ったとしても思う存分絵を描ければ不幸だとは思わなかったでしょう。何をもって幸せかは人それぞれ。二人の妹が『幸せ』になったかどうかは想像にお任せします。

藍井恵

Mitsuneko Label

蜜猫文庫をお買い上げいただきありがとうございます。
この作品を読んでのご意見・ご感想をお聞かせください。
あて先は下記の通りです。

〒102-0072　東京都千代田区飯田橋 2-7-3
(株)竹書房　蜜猫文庫編集部
藍井恵先生 / サマミヤアカザ先生

元帥公爵に熱望されて結婚したら、とろとろに蜜愛されたけれど何か裏がありそうです⁉

2019年6月29日　初版第1刷発行
著　者　藍井恵　
発行者　後藤明信
発行所　株式会社竹書房
〒102-0072 東京都千代田区飯田橋 2-7-3
電話　03(3264)1576(代表)
03(3234)6245(編集部)
デザイン　antenna
印刷所　中央精版印刷株式会社

Printed in JAPAN
ISBN978-4-8019-1919-8　C0193